名家名篇

苹果生活在树上

夏 天 著

江西高校出版社
JIANGXI UNIVERSITIES AND COLLEGES PRESS

图书在版编目（CIP）数据

苹果生活在树上 / 夏天著 . -- 南昌：江西高校出版社，2024.1
（名家名篇）
ISBN 978-7-5762-2040-7

Ⅰ.①苹… Ⅱ.①夏… Ⅲ.①诗集—中国—当代 Ⅳ.① I227

中国版本图书馆 CIP 数据核字（2021）第 195997 号

出版发行	江西高校出版社	
地　　址	江西省南昌市洪都北大道 96 号	
总编室电话	（0791）88504319	
销售电话	（0791）87919722	
网　　址	www.juacp.com	
印　　刷	永清县晔盛亚胶印有限公司	
经　　销	全国新华书店	
开　　本	700mm×1000mm　1/16	
印　　张	12	
字　　数	166 千字	
版　　次	2024 年 1 月第 1 版	
	2024 年 1 月第 1 次印刷	
书　　号	ISBN 978-7-5762-2040-7	
定　　价	58.00 元	

赣版权登字 -07-2021-1333

版权所有　侵权必究

善良是飞翔的翅膀

孙志保

卫华（本书作者本名李卫华）给我的感动很多。我对他有着偏爱。我看见卫华，便想，这就是诗人的样子。

文友聚会时，偶尔会有一些斯文的举止，比如，我们会朗读某个诗人的作品，或者，某个小说家作品的片段。文人，自己的性格是重要的，不是标签，是发自心底的感觉的表达。有一次聚会，一个文友便朗读了卫华的诗，刚好我也看过这首诗，他朗读的时候，我便产生很多共鸣。这是关于卫华的初次印象，非常深刻，从此以后，我便留意了他的诗作。

渐渐地，我心里便有了一个全新的诗人形象。

卫华的第一首诗，是源于善良，源于同情，是一个在漫天大雪中坐在冰冷台阶上的男孩给他的。用卫华自己的话说，是诗歌在那里等他。我想，这样的开始，对一个诗人来说，是多么珍贵！对于一个普通人，也是同样的珍贵。是那个男孩给了他第一缕阳光，但是，我们都明白，那一缕阳光的到来是一种必然，要么在当天，要么在明天或者后天。一个善良的爱好诗歌的男人，早晚有一天会拥有一双自己的翅膀，载着他飞到心中的远方。

我们可以把诗歌比作阳光，也可以比作秋雨或春风。那么，诗人的生活，是时时有阳光，或者秋雨和春风的。这与小说作家不同，小说作家有时是害怕这种时时出现的感觉的。这样的生活，是不是诗意的，并不重要，重要的是他会用诗人的方式去看待这个世界，去对待这个世界。这种与世界相处的方式，对于诗人周围的人来说，其实就是一种诗意。只不过，有些人会曲解，所以诗人总会承担很多本来可以避免的压力。但是，这有什么呢？拥有自己的世界，比拥有整个世界都好。我们听听卫华是怎样在他的世界里放歌的：我掀起阳光的衣角／啊，还是阳光！／我羞愧我的心／我羞愧走在大街上／自己的面孔飘着阴云／灰鸽子，白鸽子，在天空飞翔／清亮的鸽哨衔不回／我错过的蝴蝶或蜜蜂／衔不回我错过的几千里的朝霞／青苔在井壁，生长／青苔竖起茸茸的绿耳朵／贴住潮湿的石头／岩浆翻滚的声音，使它激动／我掀开阳光的衣角／阳光轰响，阳光的针尖／把我的心扎得那么明亮……（《掀起阳光的衣角》）阳光让这个世界阳光，更让诗人阳光。我们最该羡慕的人，就是诗人。他们自从写诗的那天起就拥有了一座阳光暖房，他们坐在暖房里的一张椅子上，无论秋雨绵绵，无论冬雪片片，始终沐浴在自己的想象里。

卫华的这部诗集《苹果生活在树上》，给我的启示，是意外的惊喜。我想，我们这些写作的人，是应该也可以做一个苹果的。我们应该生活在树上，从大地汲取营养，同时，可以用在阳光或雨水中更加明亮的眼睛去看脚下的世界。树上的苹果，是飞翔的苹果，即使它奔向大地，也会在空中划出一道美丽的弧线。诗歌的多样表达，以及人类情感的丰富与多变，形成了诗歌魅力的一部分。当我们与诗接触时，被这种魅力俘获的过程，就是诗歌继续成熟的过程，就像我们食用苹果的过程，其实就是苹果继续成熟的过程。让我们看这首《苹果生活在树上》：苹果，和很多其他果子／都生活在树上……／放学我接星慧／骑电瓶车走在涡河大坝上时／她这样说／这说法／让我眼里一亮／想想我说过的有些话／这苹果真甜／地下超市今天的苹果不贵／砀山的梨花真白／洋槐花管吃了／赶紧下雨吧要点玉米了／屋后的拉拉秧叫我给铲净了……／对身边事物／我用过很多很多的词／但从没使过／生活，这个词。每个人都有自己的苹果，都有自己的梨花，只不过，有的人的苹果是像红芋一样被掩藏在地窖里；有的人的梨花，是开在别人的枝头。

一叶知秋，通过一部或数部诗集了解一个诗人，是最简单的办法。想了解卫华，更是如此。

善良是飞翔的翅膀

他的相当一部分诗歌,都是把自然以及与自然相关的事物作为主角的。这是诗人的美德。美德总会赐予我们一些别人无法得到的东西,这是拥有美德者的欣慰。过于强调主观世界,视角往往受限,因为主观是多变的,难以捕捉的,捕捉到以后也可以不承认的。这样的诗人,他的诗是善良的,他笔下的自然世界以及世界里的许多可以触碰到的生命也是善良的。这与诗人的善良有关。只有这样的诗人,才会在第一次写诗前,对着一个孩子流泪,而且,把身上所有的钱都给他。卫华隐蔽自己的身份之后,发现了用另外的视角才能发现的独有的事物。发现,是诗人独有的属性,也是他的枪。这部诗集里有很多另外的视角,以及另外的视角发现的独特,给我们启发,令我们感叹。

而他又是有强烈自我的,有的时候,他的自我又以鲜明的形象出现在我们面前,让我们惊叹他的直白。那样的时候,他面对的不是自然,不是鲜花和蜜蜂,而是让他感到不安全的东西,只有捍卫才能保持自我。让我们看这首《请允许》:请允许我 / 做一个 / 没有阵营的人——/ 如果非得有阵营 / 请允许我 / 和诗,一个阵营。还有这首《我反对》:我担心一种颜色 / 代替五彩缤纷 / 即使它的色调 / 高贵神秘——/ 我害怕一段旋律 / 捏住万千喉咙 / 哪怕这种声音 / 无比动听……

这样的自我,让我们看到一棵树孤傲地立在城市钢筋水泥的夹缝里,或者一朵花从城市的上空飞过。好在蓝天是它们的背景,它们可以因之而熠熠生辉。

但这样的表达,并没有影响到卫华诗歌的柔软与多情。

在柔情的表达方面,诗人们总是慎之又慎。即使是近似的性格,表达的方式也各有不同,甚至差异很大,因之,便有了很多不同的果实,让我们撷取所需。对世界的柔情,对亲人的柔情,乃至对远方的柔情,都能让我们内心一直沉寂的需要呼唤才能醒来的感觉复活。这是诗人献给这个世界的最美的色彩。卫华的诗歌里,有一部分这样的篇章,柔情如水,表达时,却让人感觉不完全透彻,有些羞涩的成分。没有蜜语,却比蜜语还甜。比如这首《这是我的心多彩的时刻》:这是下午 / 你在画画/牡丹在画布上/越来越清晰/太阳悄悄/在转移什么/从这个下午/从我的眼睛里/牡丹越来越清晰/像你的样子/多快啊/我们结婚马上就十年了/这个下午/太阳在悄悄转移/你越来越是一个认真的母亲/和,稚气的孩子。再如:这个陌生的女孩睡着了/头歪在了我肩上/我一动不敢动,像一块石头/让不设防的信任/有个安稳的底座/我想,我像岩石圈层/托着温柔的海洋/我又想/我像海洋温柔地,压住浪花/我只想到你,静静/我们曾无数次,这么坐在车上/我想,这,一定又是你/借另外一个形体来依靠我/让我顿时,涌满泪水。

他的诗歌里散发出强烈的芬芳气息的,还有他关于这个世界的哲学思考。

对于从事文学创作的人来说,哲学思考,是一个很难一脚踏进去,却又无法绕行的河流。因为这关系到深度,关系到高度,关系到能不能走到远方。在诗人看来,远方才是真正的彼岸,是穷其一生也要抵达的地方。站在诗歌之外,我们看到,诗与远方就是两只结伴而飞的燕子,温馨的燕子,展翅的时候,缺了谁都不完美。

在这个问题上,卫华采取的方式是积极地踏进河流,然后感知水温,发出自己的感叹:簌簌雪声跌进我耳中/像孩子蹒跚而来扑进我的怀里/雪,才是这深夜的主人/我只是个过客,偶然经过了此刻/我看见雪在飞,在旋转,在飘落/世界,这时回到了原来简单的模样/雪是雪的降落伞,我是我的降落伞/跳伞,是生活,最后的路/为了回到,素净的自己/冷,是必需的过程……(《靠近》)。还有这一首《我奔跑在梨树满布的黄河故道》:我踩到黄沙土了/我看不见村庄了/黄河年轻时跑过的路/我来跑一遍/若不是白云下盘旋的鸽群/我还以为我在飞/若不是脚下的枯草嚓嚓作响/我还以为我是澎湃的波涛/这枯草含霜的早晨/我不为时间的沧桑惊叹/我不为世界的日新/浮想联翩/这雾气散尽的早晨/我执迷于淡淡的阳光味、沙土味、木香/清风稀微,梨枝轻颤/我执迷于这莫名其妙的奔跑……

还有一部分诗歌,我把它称作哲理诗。有的诗人写哲理,会出现重

复，像一束草在嘴里反复咀嚼。而卫华的这部分诗歌，却是充满了生活气息，而借助的道具，也是生活中最普通的事或物，读之亲切而有感悟，像这首《香草是苦的》：妹妹送来盆香草 / 走近闻闻 / 果然有香气 / 想到屈原他 / 常写到香草 / 让我忽然觉得香草 / 好像脱离了香草自身 / 变成了 / 照亮我的 / 耀眼的光 / 这，肯定不对—— / 虽然被屈原写进了诗里 / 它仍然是一种绿色植物 / 它也未自燃 / 放出光来 / 我掐了一片叶子 / 放嘴里咬了咬 / 香草并没有我想象的甜味 / 而是，苦的……

　　诗人不仅需要一颗敏感而正直的心灵，还需要对良知的深刻认识，以及为良知而献身的精神。如果仅仅停留在一种认识上，诗人便是不合格的，他需要为这个认识寻找一个答案，然后践行。如果我们不是诗人，不但无须寻找答案，连认识都没有必要。我们可以支起一个大灶，去站在阳光下大喊一些让人们吃惊的口号或者理由。诗人的良知以及献身，是诗歌能够存在的重要支撑，它具有不可替代性。

　　卫华的诗歌，能让我们时时感觉到这种寻找，以及对于实践的渴望。也许他的答案不能得到我们的认同，但是，寻找本身就是一种崇高，让仰视不再需要别的理由。自从与诗为伍，诗人的生活便无法真正地安静。值得欣慰的是，还有我们这样一群鼓掌的人。

　　生活中的细碎、点滴，在卫华这里，都是可以入诗的。这说明他不是为作诗而作，而是一直把诗与生活连接在一起。每个诗人都有成为大诗人的理想，但是，他们最需要做的，是学会从生活中找出诗歌。在这部诗集里，有很多我喜欢的诗。那些朴素朴实又满溢生活中的真实情感的篇章，令人产生共鸣。比如，这首《削红芋》：吃完碗里的面条 / 这个男人开始削红芋 / 他蹲在地上，右手菜刀，左手红芋 / 先削去红芋两头 / 然后一刀，一刀 / 削皮 / 削得很轻 / 几乎不伤瓤肉 / 灯光昏黄照着他 / 皱纹，让他的脸明暗不均匀 / 我看见 / 灯光把他因脱发露出的头顶的皮 / 照得发亮 / 他一边转动红芋一边认真削着 / 窸窸有声 / 仿佛世上就此一件事 / 他认真削着 / 红芋渐渐，明亮起来 / 最后他用刀尖，在红芋上旋了几下 / 剜去没有削掉的根眼 / 现在 / 这个男人——我的父亲 / 把削干净的红芋／放在白盘子里……

　　这样，我们便有了关于卫华诗歌的较为完整的印象：生活无处不在，柔软而有韧性，用良知感受世态，用思索延续追求，用实践表达态度。

　　诗歌给予诗人自身的，往往是刻骨铭心；它给予我们的，往往是掩卷之后的一声叹息。从头读到尾，诗人一直在我的视线上游走，一直以一个一个他与诗歌共同营造的场景让我时而兴奋，时而悲悯。卫华的诗歌以生动的形象占据我的感觉，这是始料未及的，也是读诗的一个新收获。这种感觉，是始于那个冰天雪地中的男孩与一个未来诗人的故事。未来诗人成了现实诗人后，故事一直在发展，精彩依旧，这种精彩，会伴他一起走到远方。

　　诗歌是美好的。现实与梦幻的组合，无比丰富的表达方式，多重意义的合理解读，伴以锲而不舍的可以时时感受到的诗人精神，这样的集合，是对人类的巨大贡献。

　　感谢卫华，他在这个巨大贡献中占有一席之地。

目 录

◇头顶的云◇

忧　郁……………………………………………… 2
旋　涡……………………………………………… 2
人　生……………………………………………… 3
回　信……………………………………………… 3
我想纵身一跃，跳进春天鸣叫的鸟群中………… 4
眷　恋……………………………………………… 5
靠　近……………………………………………… 7
城　堡……………………………………………… 8
我家的油菜花开了………………………………… 9
看　见……………………………………………… 10
苹果生活在树上…………………………………… 11
傍　晚……………………………………………… 12
夜雨寄北…………………………………………… 13
填　空……………………………………………… 13
头顶的云…………………………………………… 14
感　恩……………………………………………… 16
一棵青草…………………………………………… 17
砀山梨花…………………………………………… 19
春天的起点………………………………………… 20

这是我的心多彩的时刻	21
入　夜	22
加工厂	24
寻　找	26
赞　美	26
太阳底下	27
草　原	28
月　食	30
问　天	30
更深一点	31
长江大桥	32
爱　上	33
站在盛开的油菜花丛	34
月亮行走在我的头顶	34
他踮着脚尖	35
恍　然	37
关于蜜蜂	39
请允许	41
我反对	42
记录者	43

◇不止一次◇

削红芋	45
窗　外	47
冬　夜	48
鸽　子	50
星期天	51

目 录

河 边	53
布娃娃	54
月亮的光辉流下来	55
燕 子	56
我需要奔跑的脚步	57
掀起阳光的衣角	58
圣人殿广场	59
抹灰尘	60
吉利吉利	62
你 好	63
阳光下	64
阳光照着我	66
下雪的声音	67
大雪停了	68
更 暗	69
不止一次	70
路 上	71
细 雨	72
几天来	73
它的寒冷,也让我感动	75
自 由	76
崔惠子	76
自习课我爱上了一只陶罐	77
一年又快到了下雪的时候了	79
让我试着说一说	80
我想唱一首歌	81
无 题	83
夜 晚	84

我的词挂满了院子	86
昨日重现	89
乡　亲	90
靠不住	91

◇阳光在笔尖跳动◇

沙　滩	94
梨　树	96
我奔跑在梨树满布的黄河故道	97
零下九度的雾气包围着他	98
跟着一声早晨的鸟鸣攀登	99
童　年	100
我悄悄地记住了她叫赵景景	101
它们没有一个对我说你要变为土豆	102
海　盗	103
青岛海洋馆	104
鸽　子	105
力　量	106
等　待	107
南　方	108
为什么还不带着孩子睡觉	109
秋风你好	111
肮脏积雪融化的下午	112
天下乌鸦	113
害　怕	114
我愿意怎样浪费宝贵的一生	115
闪　电	116

声　音······117
我有两尾鱼······117
阳光在笔尖跳动······118
解　冻······119
萤火虫······121

◇地球是个滚动的球◇

你看它走得异样沉重······123
此　时······124
患　者······125
太阳升起······126
我出门迎见春风······127
草莓园······128
身　影······129
青色的小蜻蜓······131
砖　桥······132
五　月······133
赞　许······135
安　静······137
蝴　蝶······138
女　孩······140
爷爷的鞋底······141
春天的孩子······142
父　亲······144
走在路上······146
早　晨······147
在响洪甸水电站······148

我们都会碎在黑暗和光明织就的这个孤独宇宙中……149
香草是苦的……150
蝉　蜕……151
新年来了……152
华山论剑……153
底　线……155
再见再见……156
倾　听……157
一尾鲇鱼……158
如果我是你……160
地球是个滚动的球……162
致　敬……163
阳光照着樱花园……166

◇ **跋** ◇

写诗是什么……175

头顶的云

忧 郁

1

风刮过草草在风里弯腰
梦刮过我我在梦中蜷缩

2

怀着欢欣,怀着忧郁
把梦想寄托于东南西北风
洁白的蒲公英的孩子们
风把它们带到了风想到的地方

3

你在看朝霞
我在你身后

旋 涡

世界还在打转
感觉已经走了很远

人　生

我们一再地相互辨认
直到厌倦
我们一再地彼此询问
直到陌生

回　信

推门出来
看见低垂的星空
这美丽而宁静的星空
是谁
寄给我的长信？

我想
写封回信
当我拿起笔
人间所有的词汇涌向笔端
依然不够
我只好
用这一生
作为回信

我想纵身一跃,跳进春天鸣叫的鸟群中

云在天上悠悠飘着
我想从中截取一片深蓝和洁白
镶进我的眼睛
换去眼里岁月带来的浑浊

花在阳光下轻轻摇着
我想从中舀来一瓢清香与安然
灌入我的喉咙
洗去嗓音里生活留下的尘垢

细风在阳光下轻轻跳着
我想录下它青春的节奏
拷贝到我的血液
给我有了倦意的心打起咚咚咚的鼓点

这盛大的春天是一场令人激奋的音乐会
我愿纵身一跃
成为它的一个快乐的小音符
踩着梦的滑轮冲向春天深处

头顶的云

眷　恋

世界如此神秘
比如看见母亲在烟雾升腾的厨房
炖土豆鸡块的认真背影
然后听见母亲喊"吃饭了——"

世界如此贵重
比如手里拿着父亲有意无意
写在废纸上的字
它告诉我要每天多喝开水，快乐生活

世界如此生动
比如听见两个孩子在阳台
春天阳光般的嬉闹声
忽然孩子扭头如星星一样望向我

世界如此美妙
比如和你一起领着孩子于超市购物
买了一点微不足道的小东西
你和孩子就开心地大声笑

我一直努力寻找的
原来正是这些平常的场景
这些珍贵的细节帮我一次一次

穿越了我的边界，领受神赐的美好

世界让我如此眷恋
因为有了你们使得这人世
像一条充满神迹的路
深深，吸引着我——

靠 近

簌簌雪声跌进我耳中
像孩子蹒跚而来扑进我的怀里

雪，才是这深夜的主人
我只是个过客，偶然经过了此刻

我看见雪在飞，在旋转，在飘落
世界，这时回到了原来简单的模样

雪是雪的降落伞，我是我的降落伞
跳伞，是生活，最后的路
为了回到，素净的自己
冷，是必需的过程

风呼呼而来，又呼呼而走
风，路过万物，不停赶路

雪并没有大声喧哗，它压低了嗓门
只簌簌地落，静静唱着它的歌

它那么安静地唱着，那么近地呼唤着我
我却要用尽一生，去寻找，靠近它……

苹果生活在树上

城　堡

今天手机屏幕是一个城堡
一个晨光下的城堡
海水碧波荡漾，在城堡的面前
远山发紫，淡雾笼罩
这城堡仿佛来自童话之中
有着幻想般的色彩
我问女儿好不好看
她说：好美！
她反问：那如果给你，你要不要？
我不假思索，张口就道：
我不要，我只喜欢我们家。

我家的油菜花开了

我家的油菜花开了,茎叶鲜绿
阳光照着它们
阳光并不是为了照亮它们而照着它们的
它们,欣然接受了阳光

我家的油菜花开了,小花嫩黄
它们在我眼里静静站着,静静的
那样清新自然
像收了翅膀的小天使

我家的油菜花,它们开了
蜜蜂和蝴蝶来了,飞着,寻找着
蜜蜂和蝴蝶,也不是为了寻找它们而来的
它们,欣然邀请了蜜蜂和蝴蝶

杏花白,桃花红,丁香紫
这些颜色可都真好看
但这些颜色,我家的油菜花,一点也不需要
别样的颜色,对于它们都是多余的

看 见

看见光打在你的脸上
看见你眼角和额头上的皱纹
看见你头发中一根根白发
看见你有一瞬间望向我

那时,我看见你眼中
有太阳的影子,和,我的影子
你眼中,太阳发明
我发暗

那时我看见
你紧紧抿住的嘴唇
那在时光哗哗翻动的书页里沉默的你
让我澎湃,而孤独

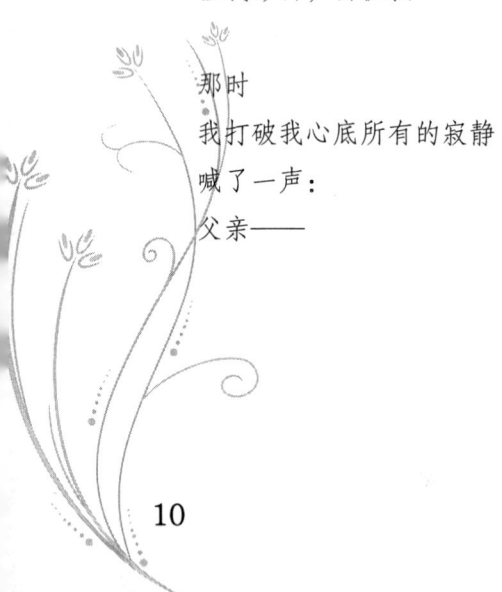

那时
我打破我心底所有的寂静
喊了一声:
父亲——

头顶的云

苹果生活在树上

苹果,和很多其他果子
都生活在树上……
放学我接星慧
骑电瓶车走在涡河大坝上时
她这样说
这说法
让我眼里一亮
想想我说过的有些话:
这苹果真甜
地下超市今天的苹果不贵
砀山的梨花是真白
洋槐花管吃了
赶紧下雨吧得点玉米了
屋后的拉拉秧叫我给铲净了……
对身边事物
我用过很多很多的词
但从没使过
生活,这个词——

傍　晚

雨落在蒙城
洗着，这小城的柏油街道
道旁树下
雨中落下发黄
和半黄半绿的叶子
像古老的记忆
泛起在心里
亮起车灯的出租车溅起的水
落我手上——这是
这个下午给我快递的
鲫鱼的味道
我抬头看见一个个
钢铁高压电线杆站在雨烟里
像，骄傲的巨人
如此密雨中
电子眼，眼也不眨地
静默记录着这个世界
就在此刻
朋友来电让我的手机
突然亮起，并唱起歌曲——

夜雨寄北

昨夜的雨大概在夜里停的
九点了,我起来,新鲜的阳光正普照淮北
那些淡黄的油菜花
那些刚展叶的棕红或黄绿的白杨树
和青青的麦苗
发潮的地面和鸟声
像少女的脸庞和目光
越过光阴,穿过窗户,来到我眼里

填　空

(　)坐在最后排,黑袄,短发
老师喊了第一排的长辫子
第二个问题(　)的手,举得更高
第三个问题(　)举着小手,身子前倾,手指乱动
似乎就要自己站起来
蝴蝶结答完第五题时,(　)
手还举着,挺直挺直
到第七题,老师叫起一个小红花袄
(　)的手,从额前缩回
那只手,好像要去抓挠一下耳朵
躲闪了一下,无声无息,落了下去

头顶的云

有人在
看天上的云
看那些白得透彻近乎不存在的云

A 突然惊讶地说
看，那朵云像架直升机
上面还有转动的螺旋桨呢
是的
那云真像电视里一架执行作战任务的直升机！

B 也突然说
看那边
那边那个是辆坦克——
C 很快
又从头顶的天空
看出了一艘驱逐舰

DEFG 也加了进来
HIJKLMN 开始仰望
OPQRST，和 UVWXYZ
也抬起头
瞪大眼睛
搜寻

头顶的云

我也在
搜寻

我知道
只要够仔细
我们接下来
还会从我们头顶的上空发现
庞大的航空母舰
藏在深处的潜艇
尖锐鸣叫着的轰炸机
与
可毁灭地球上我们很多次的
核武器

感　恩

阳光，落在案板
母亲面向南，擀皮；我面向东，一个一个，包饺子
父亲蹲在厢房前，用清水，刷着水桶
水桶越来越干净
轮换啼鸣的，是他背后踱步的三只红公鸡
叶子上雪化掉后，匍匐在地的细竹又静静，直起腰来
回暖的鸟声在竹丛，蹦蹦跳跳
更远是青青麦地
雪在其中，就要融尽了
一年的辛苦，多年的不易，都不用再提
想到昨天和明天，就在微风轻拂的此刻，握手
想到梦想和现实，快乐与悲伤，就在我怦怦的心跳中，相拥
我有一种说不出来的激动——
这小风轻吹的年三十
母亲把阳光，擀进面里；我把它包进了饺子

一棵青草

一棵青草
在那儿长着
黑夜来过
现在又是白天
黑夜没能使它变黑
白天明亮的阳光
也没能
使它变白
一颗青草长在那儿
青青地长在那儿
根扎在泥土里
向上
生长
你没有看见它
你更没有看见风反复刮过它的摇晃
但它在
向上生长
这么一棵无名的小草
它长在一片青草之中
如熙熙攘攘人群中的一个
默默生活着
平凡
不起眼

苹果生活在树上

但它生长,生长——
秋天了
天凉了
它仍在生长
秋天了
现在的它,已经结出了许多
淡绿色的籽
凝着庄重的,光泽

头顶的云

砀山梨花

我看到了梨花
是同学蒋伟用微信发来的

这闻名天下的砀山梨花
每棵都有一个近乎暗黑的树干

这素净的梨花真好
开得那么白,那么认真

这梨花盛开在我的手机屏幕
像一个盐分刚刚好的灵魂

蒋伟说:来玩吧!
让我觉得,那些梨花都是

被这春天阳光
充满了电的,笑脸——

春天的起点

现在正下雪,
这是第四场雪。
雪,还未到地面,
几乎就都变成了雨。
我伸出手去,
有些落到手上就是雨滴,
比平常的雨滴
要凉一些。
有些落到手上
仍然有着雪的块状感,
这时,手有一点麻沙沙的
几乎觉不到的微疼。
这就是,春天的起点——

头顶的云

这是我的心多彩的时刻

这是下午
你在画画
牡丹在画布上
越来越清晰

太阳悄悄
在转移什么
从这个下午
从我的眼睛里

牡丹越来越清晰
像你的样子
多快啊
我们结婚马上就十年了——

这个下午
太阳在悄悄转移
你越来越是一个认真的母亲
和,稚气的孩子

赤橙黄绿青蓝紫
你用画笔
和太阳一起,把美好的颜色
涂进了,我眼里——

入 夜

大雨哗哗倾泻
大风震响玻璃窗
很难说它不是
又一次重复

但我却仍旧
无法用语言
为此刻的一切
准确命名

这座日新的小城
总给我带来复杂微妙的感受
此刻它晃动在这黑夜之中
像搅动一杯咖啡

这座湿淋淋的春日小城
在不断晃动
连带着它的万千的眼睛——
那些亮起的灯

有人驾车行在
宽阔柏油路上
有人刚刚从雨幕里

头顶的云

走进家门

这黑夜的风声雨声
这黑夜中放射的光明
这些说话或沉默的行人
像奇迹，让我陷入不愿解脱的矛盾里

这些彼此纠缠不清的事物
一起构成了一个吵嚷不休的世界
在我的心弦
奏起了，澎湃的歌

加工厂

太阳从雾中
站了出来
这位老父亲
不仅是我的父亲
还是我父亲的父亲
和我孩子的父亲
并且还是
你的父亲
太阳的年纪这么大了
却还红光满面
让我羞愧
我的父亲在
一天天老去
我的孩子在
一天天长大
而太阳他
闪亮的头发依然闪亮
真想向太阳他老人家
贷点款
把父亲的黑头发
给买回来
给孩子再买份
永远不过保质期的幸福

头顶的云

给自己买间
神奇的厂房
出租给你，和他
这样，你也可以
他也可以
我也可以
在其中
把自个儿的好梦
加工成
成品

寻　找

人群
是一个谜
还没找到
谜底

赞　美

雨声沙沙发响,我曾以为它来自雨滴
曾以为它来自屋瓦、伞和树叶
站在一片沉默的空地里,仰望
我听见那战栗的歌唱来自一切没出声的事物的喉咙

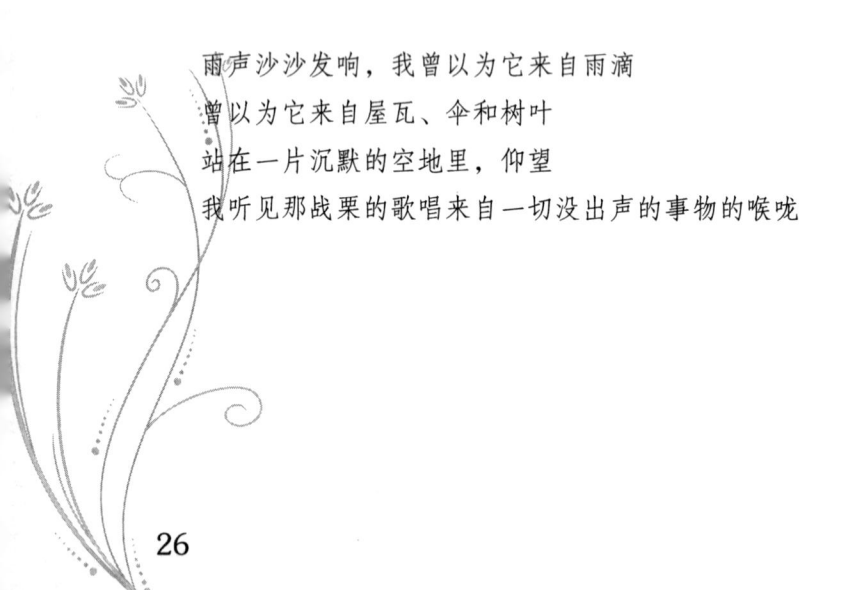

头顶的云

太阳底下

淀浦大桥东看，两岸靠满大铁船
砖头，水泥，黄沙……船舷贴着水面
太阳底下那些人，多是男人，也有女人和少年
春寒风里，他们穿单褂，却汗透了后背和前胸
沾满灰尘的脸，目光，已练得敏锐但黯然
熟练异常地，他们用铁钩子钩住或夹起，担稳
铁条捆扎的木板，横在船与岸，被
走得一颤一颤，他们一天又一天
许多人会停下来，立在桥上观看，有的
背着手或是扶着栏杆沉默，也有的发笑，笑容像雾
飞机一架架，几分钟一班，飞往虹桥机场
里面坐着人，就要从高处降落，飞低时
有没有谁，偶尔趴在窗户朝下看——
会不会看到有人正为这城市的骨架挑运钙质
会不会看到他们太劳累时，也歇一会儿，坐在地上或者砖头上
沉默，抽烟，小声大声说点青菜价格电视剧的情节
听了哪个俏皮鬼的笑话，一起笑得张大嘴巴
路过大桥，我看见有的大铁船已经，被挑空了内部
浮得很高……夕阳昏黄的光，似施舍一样，稀稀地洒下来
太阳底下这些人，也在太阳的底下

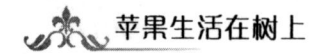

草　原

中午放学

女儿让我

打开电脑

她要画奶牛

我有点累

歪在床头

点开手机

搜"奶牛简笔画"

一张一张

出来一大堆

按她要求

我趴在床头柜

在自己的纸上画

她在她的纸上画

画完

她仔细比较之后批评说：

你画的青草太少了

不够牛吃的！

哦，是的

我只在牛的脚下

画了几株草

而女儿的A4纸上

除了牛

头顶的云

所有的,空白
都画满了草——她
给一头牛
画了整个,草原

月　食

是地球的黑
遮住了月亮
我们却叫它
月食——

问　天

这深夜
的天空
像口巨大的
黑铁锅
暴雨倾泻
像煮沸的水
我所在的
这个世界
将，何时出锅
又被谁来品尝

更深一点

我一脚踩在
坎坷不平的大地上

我一脚踩在
时光无情的大手里

你说
怎么挣扎都没用

谢谢你
好意提醒

但我还是要
可着劲地努力

我要把我随时消失的脚印
踩得，更深一点

长江大桥

站在桥下,我只能仰起头来看它
我多像一滴雨掉进大江里
小,容易淹没
当我趴在,它工业技术组构的钢铁栏杆
发现它一刻不停地
抖
大地痉挛的抖,一棵草弯下腰的抖
江水疲惫的抖,一群鱼别过头去的抖
火车,汽车,轿车,自行车焦急的抖
一个白发老人的拐杖的抖
一对男女嘴唇燃烧的抖
一个母亲怀里那孩子泪湿的睫毛的抖
照相机快门要抓取的抖
空气的抖,一只鸟,逆风转向
那翅膀斜向朝阳的抖
……它,不能不抖
我觉得,似乎它是只受惊的小兔
缩靠在我的脚边

爱 上

这是香气的海洋:
零星洒着青草的发潮的地上
是一瓣瓣
樱花
湿漉漉的泛亮的枝头
是一簇簇
樱花
它们繁星般,在闪
像一条条芳香的迷途
它们
在我眼中燃烧
让我爱上了白日梦
和
迷路——

站在盛开的油菜花丛

花花花花花花花花花花花……
带着太阳的金箭,淹没我——
我像一只刺猬
背满香气的针
当我拒绝地,闭上眼
阳光下的油菜地
你们,也是我黑暗的一种

月亮行走在我的头顶

月亮行走在我的头顶
行走在宁静的蓝里
有时,躲进洁白的轻云中
活了这么久,我第一次注意到
月亮只是月亮本身
它的光
来自比它本身更遥远的地方
就像,尘世中的我

头顶的云

他踮着脚尖

好像天下的墨汁
都倒进了今夜
我顺着
漆黑的楼道
小心翼翼摸到家门口
掏出钥匙
转动了很久
怎么也打不开
就在这时
门突然开了——
门缝里露出两岁的
小星成
他那因兴奋、害怕、好奇、担心、期待交织而绷紧的脸
在看见我的一刹那
成了一朵花
这时
他脚尖着地
他憋着气提起的身体还没来得及放下去
门把上
他的小手
还在努力使着劲儿
这是他第一次，自己打开一扇门
第一次总是那么不容易——

多年以后
这首诗将会告诉他
他第一次拉开一扇门
光芒
照亮了黑暗中的，老爸——

恍　然

她的胳膊和手是沉重的
飞速运转的机械臂
她的腿和脚是沉重的
带滚轮的机械支架
她的眼是来回扫描的
忙碌的电子扫描仪
她的心脏是一台
紧张振动轰鸣着的发动机
她的血管、神经
是输电线，和输油管、输气管
不断地运输，运输……
当这台会呼吸的、高性能机器——
YCC公司车间的这位打工姑娘
笑着对我举起她
为多挣些加班费
而变形的大拇指与食指
我，才从一瞬的恍然中
回到现实——
让我吃惊的是
她一天之内，竟能挂上万的拉头
她简直成了，庞大的工厂中，坚硬钢铁的一部分
当我看到这个十六岁的小姑娘

她眼里闪着的稚嫩干净的笑
我的鼻腔用力压着，上涌的酸
我真的想对她说一句赞美
话却，卡在了
喉咙里

关于蜜蜂

1

春暖花开时
放蜂者蓝漆大卡车运来蜜蜂
那时唐集只有土路,路边生着野草
他们唐集初中南面路边,扎下一顶或两顶黑色帆布小屋
两边白杨树行子里摆开黑色的几百个木箱
想用那数不清的小小翅膀驮来甜美生活
但对于幼小的我,他们沉默而陌生

2

蜜蜂,课本里有列宁随着它找到朋友的故事,我只知道这些
但蜜蜂这名字多么清甜可爱!
蜜蜂在阳光里飞动,目标是芳香美丽的花丛和木箱里贫乏的家,梦想简单

3

阳光底下,蜜蜂飞舞,劳动
它们抖动翅膀像被风溅起或滴落的露水,是白天的星星

4

我曾在一朵花,乳汁一样白的芝麻花朵里,放学路上
抓住一只——
我只是想看看蜜蜂长得什么样子,为什么能飞得那么好看!我只捉过一回

我并不知道我单纯的举动是它的巨大恐惧
它举起它小小的刺,刺进我手心
我并不知道它的刺一旦刺出就永远无法刺出第二次
我捂着疼痛的双手,充满迷惑,蜜蜂飞走了
我并不知道飞走常常都是永远的
小爱姐揉碎马齿苋按在我手上怪我不小心,又说:
那只蜜蜂就要死了!
那一天,我的脸色是一块棉花
掉进水里……

5

时间一跳到了现在
那个蜜蜂自卫的刺,早已长成我的血肉
我现在知道:蜜蜂是有分别的,就像社会;美丽的飞舞里旋转着痛苦的发动机
在地球这只黑色蜂箱
我只是微不足道的众多工蜂的一只,我飞,我寻找生活的香甜,却很难碰到
茂密花丛……面对生命的恐惧
我也举起那小小的刺,刺入命运,伤害自己

头顶的云

请允许

请允许我
做一个
没有阵营的人——

如果非得有阵营
请允许我
和诗,一个阵营

我反对

我担心一种颜色
代替五彩缤纷
即使它的色调
高贵神秘——

我害怕一段旋律
捏住万千喉咙
哪怕这种声音
无比动听——

我恐惧一个方向
统一所有脚步
就算那里充满
灿烂光明——

我反对！
我反对你
也反对我
坐上那虚无的龙椅
目中无人
甚至，没了自己——

头顶的云

记录者

别人也许理解

也许迷惑

也许赞许

也许不屑

那又有什么呢——

那都不重要

对于你

重要的

就是努力地活着

就是郑重地拿起

心中那杆

暗和光碰撞交融的笔

把击中你的

生命里的，画面

忠诚地描绘下来

不止一次

削红芋

吃完碗里的面条
这个男人开始削红芋
他蹲在地上，右手菜刀，左手红芋
先削去红芋两头
然后一刀，一刀
削皮
削得很轻
几乎不伤瓤肉

灯光昏黄照着他
皱纹，让他的脸明暗不均匀
我看见
灯光把他因脱发露出的头顶的皮
照得发亮
他一边转动红芋一边认真削着
悉悉有声
仿佛世上就此一件事

他认真削着
红芋渐渐，明亮起来
最后他用刀尖，在红芋上旋了几下
剜去没有削掉的根眼
现在

苹果生活在树上

这个男人——我的父亲
把削干净的红芋
放在白盘子里

冬夜很快就会过去
明早的厨房
母亲将会，在寒冷中
把父亲削的这些红芋，煮得
热气腾腾……

不止一次

窗　外

窗外
是雨声

窗外
是暗夜

可窗外
仍是我热爱的窗外——

我抬头
努力向黑夜背后望去

想要把窗外的宇宙的广阔
收进心里

而，雨水和黑夜
在我眼中打着马赛克

冬 夜

冬夜灯下

我翻阅克尔凯郭尔

寒冷让我战栗

历史反复

让我不安

我悲伤和困惑的

火和血

从未止息

在我眼中,在美如眼睛的地球

都如此

可窗外那弯细月却早早沉落

这人间

什么在诞生?

什么又在毁灭?

什么在被揭晓?

什么又在

被永久地掩藏?

雪停了,不久它还会下

即使还会下

它又能盖住这个世界多久!

或许会

有一场不同的雪,终将埋去这个世界?……

我只是一个

不止一次

用幻想作船的人
今晚
我冰凉的手指,停在
这画有小丑的书页上
久久未动
心底
涌动着荒莽的岩浆
三十年前,我就在这岩浆中,挣扎
这些年来
我在拥挤的人群中走来走去
走了数不清的路
现在
我又走了回来
我还是不能知道
不容拒绝的时光巨舰
要把人带往哪儿去
我还是不能知道
星空到底为何而在
我还是不能知道
我将是谁!
对于命运
我
可以逃脱吗——
当生命只是生命的试验
当前行只是前行的迷路
当我的血管
轰响着野兽的嘶鸣

鸽　子

天上飞着鸽子

我经常看见

有时，我说

这是理想

有时

我有些丧气

我告诉自己

这，就是几只鸽子

当几杯小酒下肚

我眯起眼来

又有了新想法

如果你

正好在旁边

我会对你说

鸽子就是我

降落地球的飞碟

要是高起兴来

多喝了半杯

我还会笑着说我要

长满羽毛

变成

它的

发——动——机！

不止一次

星期天

电瓶车声,孩子笑闹声,狗叫声
紧紧敲着窗玻璃
半床书扶我起来
打开窗棂,我让体内的病毒
呼吸一下新鲜的空气

脏衣服睡在盆中
我走到涡河边
不去看忙碌的船只
不去看风景
阳光灿烂,我没有目的
来到一块沙土地

苹果生活在树上

闭上眼躺下
柔软地,让我蹉跎一下岁月

时光美好,像蓝天的白云
让它们尽情地流淌吧
今天我什么都不想掌握

夕阳里回来
路上遇见篱墙静静的丝瓜
小小的花,淡淡黄
我爱它们不是只为结果而开放

河　边

多少人在叹惜——那圆圆的落日
一转身，成为我普通的新鲜一天的朝阳
露水潮润的绿色田野
有时一阵起伏
是风自在地轻轻吹过
生命里，我喜欢那些水到渠成的自然
我珍惜手中平凡的生活
一条河是孤单的
假若没有鸟的飞翔，甚至
一声鸟鸣在不见头尾的河上回荡也是孤单的
白雾还没有散尽
群鸟沸腾的激动震撼我红色晨光的心间

布娃娃

走到双脚像云的时候,
我看见了她,一身污秽,靠在路边。
我误以为她在看灯光,
抬起头才知道,
她漆黑发光的眼睛
在照向路灯之上的高高的月亮!

她旁边是
踩瘪的饮料瓶,烂菜叶,用废的煤球……
人们已习惯了趁黑
往大街扔垃圾;
人们已习惯了把曾经热爱的东西
丢掉;习惯了遗忘
更高的光芒

我也是,我以为历史如落叶,已经过去;
我抬头又看一眼
被灯光隔拦的蓝天,
看一眼孤独的月亮,
它清洁而新鲜——这把闪闪的钥匙
长久地不被使用……

月亮的光辉流下来

蓝色的天空薄云高高漂浮
我的心广阔而轻
电线上白天喧嚷的鸟
一只也没有了
像琴弦上移去了多情的手指
风偶尔地吹来
不带有目的
月亮的光辉流下来
多么清洁!
要是它没有名字我就叫它灵魂的洗脸水
要是时间可以回去
我还会叫它白莲花,梦幻如你

燕 子

六七天了还在下
我以为鸟
都得在了窝里
打伞出来
雨中飞着许多燕子
滑翔时
它们会渐渐飞低
让白肚皮贴着青草尖
在积水洼里
用黑尾巴剪一朵水花
似乎已是阳光正明媚
我也该这样
有时跑到自己的前面去
明亮地生活

不止一次

我需要奔跑的脚步

鸟声浮起早晨
我不把太阳当作目标,它的红也不是
像我走在春天的河岸
暖风吸住我的眉梢
我插柳成荫,我不把春天当作目标
它的绿也不是
路过披着秋凉赶进城的蓝褂子花农
路过他满车的鲜花,他带着湿泥土的黑布鞋
我不把花朵当作目标,它的香,它闪耀的水珠
也不是,都不是
啊,背书包上学的儿童,他嘴角粘着饭粒
他如银铃般悦耳地歌唱
骑电瓶车上班的少女,她飞动的裙角,她
黑发上颤动着蝴蝶结,她容颜的青春,她微笑里的甜
啊诗歌,幸福的江山,幻想……一切
只是一条路,需要奔跑的脚步

掀起阳光的衣角

我掀起阳光的衣角
啊,还是阳光!我羞愧我的心
我羞愧走在大街上
自己的面孔飘着阴云
灰鸽子,白鸽子,在天空飞翔
清亮的鸽哨衔不回
我错过的蝴蝶或蜜蜂
衔不回我错过的几千里的朝霞
青苔在井壁,生长,青苔
竖起茸茸的绿耳朵
贴住潮湿的石头
岩浆翻滚的声音,使它激动
我掀开阳光的衣角
阳光轰响,阳光的针尖
在我的心扎得那么明亮……

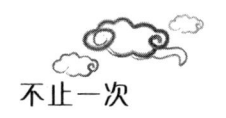

圣人殿广场

圣人殿广场没有圣人,日光温暖
人潮没有泛滥
有人在遛狗
有人摆地摊
有人亭子里唱戏文
有人加进来,闲瞅瞅,逛逛
有人皱着眉
孩子有几个,跑,跳,叫,有时闹成团
这祖先被统治的地方
我们玩赏
无动于衷,或故意,错过
我们的孩子,甚至遥远的孩子
也将这样
一天,就这么平静地过去,像流水

抹灰尘

我抹地板上的灰尘
我抹书本上的灰尘
我抹饭桌上的灰尘
我抹玻璃窗上的灰尘
我抹冰箱上的灰尘
我抹摇头扇上的灰尘
我抹电视机洗衣机上的灰尘
我抹订书机打印机上的灰尘
我抹电脑手机耳机上的灰尘
我还要抹我自己
身上的，灰尘
我还要抹你、我、他之间
飘着的，灰尘
世界上到处充满灰尘
时光风暴里飞满灰尘
这抹不尽的灰尘
让我的手的动作
越来越似灰尘一般地轻
让我在人群中
越来越能活出灰尘的小
我抹灰尘
我抹灰尘
我抹灰尘已熟能生巧

不止一次

我抹灰尘已抹上了瘾
我要倾尽一生抹灰尘
就让越来越多的灰尘降落
我的路途中
降落我的生命中
就让那些或小或大或轻或重的灰尘
就让那些形状不同颜色各异的灰尘
把我完全占领
包括我的骨头
包括我
写下的，文字
我要让灰尘取得最后的胜利
我要让我，回到我灰尘的本来样子
就像神
早就，安排好的那样

吉利吉利

下午圣人殿广场
一只卷毛小狗,白色
跑向另一只小狗,黑色,拴着链子
它们用劲地摇尾巴
发出甜蜜的呜呜声,嘶嘶声
拄拐杖的老人
喊:"吉利,吉利……"
小狗停住,回过头,望着他
无奈地抽动红舌头
干枯的皱纹,终于围成一个满足的笑
老人走到跟前
小狗掉回头
黑色的小狗已被带走
它尾巴的摇晃,慢慢慢下来

你 好

梦蝶广场地下超市出来
星成抬起小脸
明亮的,阳光
在他脸上跳跃
他,对我说:爸爸,
我看见娃娃鱼了,
它对我说,你好!——

阳光下

今天阳光明亮
一切仿佛幻觉
让我觉得真实的,是小星成
又捡起一颗
小砂姜
用尽了力气
把它投进
梦蝶广场这池清水
砂姜落进离我们很近的水中
很快沉落并混融于水底淤泥
难以分辨
看着他每一次都
无比认真的神情
看着水波
一圈一圈荡漾开去
最后消散无形无迹
我的心不由得也
泛起阵阵涟漪
人一生
做的所有看似很重要的事
或许也只是
向着,时光的水池
投了几颗可有可无

不止一次

的砂姜
或石子
它们的落处，却并非你设想——
我很羡慕孩子
他不问落处
也不管自己投了什么
他只是投掷，因为投掷
使他快乐——

阳光照着我

阳光灿烂
让我觉得自己
有些陌生

被雨敲打了半夜的梧桐树
和，树下的水泥路
像刚封好的信封，有些地方
还潮着

阳光
照着我
照亮我梦想过载的瞳孔
照亮我脸上的缺点，心底的遗憾

阳光照着我
如同扫描枪，扫描一个
快件

在地球
这个中转站

不止一次

下雪的声音

下雪了
站在漫天下落的碎盐般的雪粒中
我用手机,录它的声音
这雪
可没有鹅毛大雪的美丽和轻盈
这些雪,这些被上帝碾成粉的
梦之玻璃的碎片
沙沙沙沙胡乱撒下来
上帝撒下来后
就忘了它
我要把这下雪的声音
认真录下来,发给好忘事的上帝听
提醒他
这声音里
有被他忘记了的,疼

大雪停了

大雪停了
来到野外
每走一步
都会留下一个
洁白晶莹的脚印
这些脚印
没有一个
和另一个相同
走路走了几十年了
总以为路早被
走得陈旧不堪
没有新意了
可今天
我第一次发现
路依然如此崭新
自己的每一步
也都是，崭新的一步
都是与众不同
而熠熠生辉的一步！
想到这
我的双脚
开始变得凝重
重新，认真迈出
每一步——

不止一次

更　暗

冬青树落满灰尘
一块更暗的色块，滞缓地拖过枝叶空缺部分
她的身影，又现出来
第一次，是她刚挪过大广告牌
楼上监考，我看见她与失去红花的美人蕉
在一瞬间，互为了背景
一个少女，红袄，牛仔裤，超到她前面
飞快跑过马路，像一团火
她也试图快一点
一辆电动车"吱——"刹在跟前
她麻木的脚，竟然灵敏地后退一步
身体乱歪，手里大垃圾袋，鼓鼓的
黑黑的跟着一阵晃荡
风刮过梧桐，那些卷起的干叶，半青黄的叶
也，一阵晃荡……

不止一次

云，在晴空里，散步，打太极
我爱这些洁白，内外一致
我爱这蓝，安静，只努力做好它的布景
鸽子成群，树梢之上，飞，咕咕咕咕
把彼此的姓名，招呼得轻盈
我爱它们天天是这样
远天如水，我想念鱼瞎逛在透明的河里
我想念，它任意地一跃，跳出水面，在阳光下一闪
把世界比暗
我一闪
野花草也一闪，露水也一闪，露水
扩大我，对风的感受
对流水的感受，对生命柔软的感受
口含青草味，暗香，口含早晨的棉花糖
不止一次是这样
对着尘埃中的我，甲壳中的我，臭石头中的我，也对着你
说爱，说着不能实现的梦话……

路　上

路上，明亮的阳光，路上的绿色的枝条
路上我的脸庞，转过，就是暗影

春天的风，多么温柔
它让世界顺服
昨夜的乌云，昨夜的雨水，昨夜，早晨只剩清凉

春天里拔节的小城，潮湿的，天空
那么大，欲望的蓝色面罩，鸟在飞

行人都是我
我来不及逃避，来不及点头示意
你看，你也来不及，把背影留给我；来不及

把白日梦从身上脱去！

细 雨

细雨细细嚼过的黄昏的天空
像书桌上
依然空白的信纸
窗外,树枝已经潮湿
轻轻颤
此刻我想起的
只是一些,微不足道的事情
都关于你
而,这一切,都要随着风
化于烟霭
春天的雨滴,由小到大,由稀到密时
我曾把它,当成了自己

几天来

月桂水泥地投下暗影，我多想我所知道的正如它——
只是一种虚幻
纸上，我写下汶川
8级的噩梦，攥住我的神经，呼吸
断裂，倒塌，扭曲，血污，雨，泪和汗水，呼号与沉默……
一涌而来
淹没它，又把它，丑陋地浮现：多少个日夜啊！一颗心
跳出千万颗不断塌方的心！
纸上，我怕我绕开了我，我怕我是虚荣，举起的扬声器
纸上留下墨迹，我怕笔尖一离开它就枯萎，只剩下修辞的装饰
几天以来，我一直，吊在自己随补随破的蛛网上
在最深的黑里，有鬼火一样的目光，闪闪，闪闪而灭
埋住的，一只惊惧的蚂蚁，我也帮不上
还活着的，就足够幸福
还活着就更要活着
死亡的算盘，颤抖的音流，变了形的画面……你们
停吧！
再动，许多东西都逃离自己，你和我，禽和兽，一片失色的树叶……
还有言语无法包含的
逃脱不了了
几天来，睫毛提住我废墟一样的心
失去的，已从心中失去，还在失去
得到的，还在危险的轮子上，旋转，旋转

我多想快一点，抓住它
一个孩子平常的笑脸，一只粗糙的大手，一个不完全的鸟巢和河流，不让它消失
我多想慢一点
让吊针上挂着的那片土地，担架上蜷缩的那片天空，安稳下来
让泥石流压住的一株小野花，有充分的时间
把绿，架出来
我平安地活着，我在纸上写着这些没有用处的字
它都是一个幸运者的，可耻之处！

不止一次

它的寒冷,也让我感动

以为下雪了呢
拉开窗帘、窗户
仔细看看不是

是夜晚的电脑运行的声音
和窗外树木间细微的风声
给我带来了
下雪的幻觉

喜欢雪,最爱大雪
以前,是它的洁白与轻盈
打动我的心

现在它的寒冷,也让我感动
看看那冷雪铺满的世界
我可以对自己说:
我是寒风中的,一粒暖

自　由

为了得到
我渴望的
自由
我常常把自己
关在
自己里面

崔惠子

自行车铃声不再尖锐
急拐弯，积水瞬间动荡
雨烟蒙蒙的小城
码头路，我遇见了她
右手撑着伞
隔着街道的陌生行人、车流、雾雨
她一扬手，笑
嘴角翘起，白而亮的牙齿
米黄的小挎包
在她臂弯，有刹那的倾斜
我也一笑
身后是一溜倒退潮湿的木槿花

自习课我爱上了一只陶罐

陶罐上奔跑的人就是奔跑的黏土粒
黏土地上奔跑的青草,青草上奔跑的春风
都是一群奔跑的人
随风起飞的火,火一样腾空的鸟
也是一群奔跑的人
你无须惊叹、赞美
你无须赞美这春天,朝阳热烈照耀红屋顶楼群灰屋顶的瓦房
黄鹂或麻雀
鸽子或斑鸠
它们飞翔、鸣叫,它们不赞美
一尾鱼跳出水面,一朵
蓝天下旅行的柳絮,也和它们一样
能突然化身为一只陶罐
一只陶罐你拎在心中,你会拿它做什么——当
成为自身的过程就是逃离自身的过程
一颗奔跑或飞翔的心
会突然化身为词语的节奏,奔跑在纸上、屏幕上
也会突然化身为线条、色彩
化身为一只陶罐
一只陶罐也可以奔跑在画布和纸上
一只陶罐,也可以化身为一架纸飞机
为去飞翔而折叠
你知道,有足够的内部空间

才能盛放
一个独立的世界
你知道，有足够的内部空间才能飞起来
时时去飞的灵魂
翅膀就是一种累赘
你知道你也会
爱上一种出些差错的模仿与复述
你也会爱上一种不为有用而存在的形式
爱上，一种未必含深意的美

一年又快到了下雪的时候了

黄叶安静,铺在路上
树上还在往下落
很多事情似柳叶般
在我眼中越来越轻
有一瞬间
我看见几片叶子
从我头顶柔和地
盘旋落下来
风,在我眼中翻动它们
雨,在我眼中打湿它们
在我内心
许多高处的事物
都已,落了下来
安稳了下来
我渐渐能心平气和地接受
天地交给我的那些东西
我现在,想去记住的事物和人
越来越少——
此刻,细雨还在下个不停
一年又快到了下雪的时候了
美好的一切
我愿意紧紧,攥在手心……

苹果生活在树上

让我试着说一说

让我试着
说一说，梦里
这条不同的
河流

树木葱茏
在这里
日子，穿着
野花野草的香气

鸟在河上翻飞
在林中欢唱
白云在静静的河水里
一朵一朵，流向远方

我从没见过
这样一条
让我，怦怦心动的
河流——

神，在河岸
放置一个孤独的你
又放置了
一个，望见了你的我

不止一次

我想唱一首歌

我看见了光
在这梦一样深的深夜

我看见了白
在黑暗中
倾泻
在北风的喉咙深处

我看见了一些雪
从天上
飞着
滑向我

我听见了雪
飞落的声音
在黑暗中

耳畔
忽然响起
多年以前你的笑声

我想唱一首歌
我想唱一首我心底涌出的

苹果生活在树上

只有声音
没有字词的歌
在这
黑暗中

我想唱出一种光
一种孤独之白
给你

不止一次

无 题

天黑了
灯光下的
墙
在我眼内
白了一些

夜深了
汹涌的
世界
在我面前
浅了一些

寂静
淹没我
灰暗的
心底的声音
亮了一些

寒冷扶着
我的笔
写下一首诗
血液中的孤独
热了一些

苹果生活在树上

夜　晚

夜又深了
当我想起它
这，是自然的事

我听见车声
在远处公路上
滚动

这不是夜的声音
夜很安静
安静
是它的一种能力

夜也在奔跑
但比汽车和我，跑得完美
那是
均匀无声的奔跑

我是夜的
一条栅栏
而这并没有包含特殊的意义

我也不能知道

不止一次

夜，它最终
意味着什么

我只能感受
它的神秘
和它那发凉的鼻尖般的
尊严

夜弥漫着
不可言说的
高贵

它不诉说
也不可被解释

我爱这夜晚
我爱它的黑
它的平静的目光一样的
不可驯服之黑

我的词挂满了院子

阳光真好
我拎出我
脑海的词
挂在院子
的阳光里晾晾

我看到
有些词
笑容满面
有些词
皱着眉头

有些词生着荒草
有些词结了冰凌
凉风刮过
它们瑟瑟发抖

有些词气鼓鼓的
有些词恨意十足
它们横眉竖目
跃跃欲试

有些词漏洞百出

不止一次

有些词爬满蛀虫
它们唉声叹气
愁容难消

有些词垂垂老矣
有些词故作深沉
它们暮气弥漫
步子蹒跚

有些词踌躇满志
衣装笔挺
有些词豪气干云
要吞日吐月

有些词猥猥琐琐
目光躲来闪去
有些词脸色温和
痴了心，做梦

我最爱的那一群词
它们年龄尚小
如同青草
仿若幼鸟

是的，就是这些词
它们的表情
是轻松的

苹果生活在树上

自在的
它们
叮叮当当
唱着
欢乐歌子

我还发现
它们之中
有的很害羞
像胆怯的小狗

它们有时亮晶晶的
望着我
望着
我身后的世界

它们亮晶晶的
望着我
还吐着
红红的，小舌头——

昨日重现

这个陌生的女孩睡着了
头歪在了我的肩上
我一动不敢动,像一块石头
让不设防的信任
有个安稳的底座
我想,我像岩石圈层
托着温柔的海洋
我又想
我像海洋温柔地,压住浪花
窗外午后的阳光
像梦
蒙城,正以100码的速度奔向我
钢铁马匹的肚子里
当时我什么都没想
我只想到你,静静
我们曾无数次,这么坐在车上
我想,这,一定又是你
借另外一个形体来依靠我
让我顿时,涌满泪水

苹果生活在树上

乡 亲

泡桐花紫，榆树叶青
你用你树皮一样的手，擦拭铜香炉、陶罐和锅台
瓷盆里，豆子泡得就要发芽
老人死去之后
土房倒在黄蒿里，虫鸣半门深
女人抱着孩子，一只手地里薅野菜
不用睁开眼，我也知道
衣服已晾在了晨风里
风里的阳光，无数人穿过，还要接着穿
只有孩子在幸福到来之前笑容依然
孩子沾满泥巴的小手
在阳光下递给我，我无端地想哭
燕子河面飞翔，庄稼默默生长
活着的，继续活着
汗珠子摔八瓣地活着，淡淡笑着——有时
像羊群，茫茫地散在草坡上
失了调子的歌谣，风一样在青草上升起，又静静倒伏
炊烟里的黄昏，宽厚而无言
黑夜，你顺手就关在了门外
月亮的水灌满我的头盖骨
我无端地想哭
彻夜劳动的蝙蝠，也像你，染上了田野痛却无声的毛病
我忍住泪水，用黄土、暮色
用浮萍抱住水面一样的诗，埋下你们无名的一生

靠不住

我多么微小,一个发亮的词就能把我浮起来
我不知道是风吹过树林故意把我留在这里
还是流水一次盲目泛滥把我无心丢下的
我没有抱怨,也不赞美
风筝飞着,它常常就忘掉了线索
偶然滴落的露水偶然打湿心头的幻觉
我没有钢铁的身体,我却时时在生锈
我没有钻石的棱角,我却处处在钻探……伤口那么多……
红色出租车,鸟一样拐弯,它汽油的烟
在我晨光奔跑的呼吸道和肺留存了温暖
而这条路,要带我去哪里?
走到哪里,我都不过是靠近意外和危险,靠近更多的问号——
但,我还是得意于我随太阳升起而膨胀的血液
我得意于它波荡不定、没有目标
透过枝叶间缝隙,和蓝天的对视里
我渴望过是一根阳光,没有复杂的内结构
一根阳光一样
如此凶猛,如此顽劣,简明地遗忘……留下宽敞的空白
一日三餐,一日数梦
这街道这公园这商场银行高立的楼房
这菜市的瓜果鸡鱼的味道,我迷恋
那村庄那土路那小桥桥下静卧的青萍,那田野的草青花黄,我迷恋
这没有来由的人群,这人群没有秩序的表情,我迷恋

他们乏味的故事，我也粗糙地爱着
爱，没有彼岸
他们陌生的脸孔突然间卷来，也只像一个小小的灰色词汇
一个，就能把我淹没，卷走，冲得不知去向

阳光在笔尖跳动

沙　滩

1

日照的沙滩，没有日照
仍然有人在堆他们的城堡，花园
堆他们梦到的
雨，下着，雨最终要，夷平它们

2

沙滩上，我写上你的名字
我写上"我爱你"
我写上逗号，感叹号
感情在宽阔的海岸，只是几道潮湿的痕迹
大雨在下，浑浊的潮水，不停袭来
后一个字还没有完成
前一个已经消灭

3

浑身湿透了
一只手拎着皮鞋，一只手
在沙滩写"夏天"——
跟这一块沙滩相比，它是多么微不足道
它还不如一粒细沙
在浪潮退去，还能保持自己的形状

4

雨中,风掀起海浪,浪花很美
许多人在拍照,录像
他们回去后
沾沾自喜地,向别人夸耀的时候
海风已是新的,雨水已是新的,浪花
也已是新的

5

雨很大,浪也很大
我们还是投入了大海,感受大海的情怀
大海的拥抱
并不温柔
一个浪,就把你埋进海水里
告诉你,它无边的苦涩

梨　树

和你一样，我也有开花的梦想
我瞳孔散开
放下伪装
站在一棵梨树下，很容易忘记飞扬的想法
善飞的让它去飞
善游的让它去游
我清点我身体里的沙子、荒败的草
我清点我脸上的阴云
与雾气
春天即将来临
只装梦想的身体经不起大地的称量
一棵梨树
默默地做它该做的和能做的事
没有埋怨冬天
和你一样
我也有你树干一样灰色的温柔、爱
也有你树根一样深藏心底的
木质蜜蜂
尘土般的生活里，它默默，提取着甜

我奔跑在梨树满布的黄河故道

我踩到黄沙土了
我看不见村庄了
黄河年轻时跑过的路
我来跑一遍!
若不是白云下盘旋的鸽群
我还以为我在飞
若不是脚下的枯草嚓嚓作响
我还以为我是澎湃的波涛
这枯草含霜的早晨
我不为时间的沧桑惊叹
我不为世界的日新
浮想联翩
这雾气散尽的早晨
我执迷于淡淡的阳光味、沙土味、木香
清风稀微,梨枝轻颤
我执迷于这莫名其妙的奔跑……

苹果生活在树上

零下九度的雾气包围着他

褂子，裤子，蓝得像楼群蹬紧的天幕
零下九度的雾气包围着他
四中前的街道
梧桐落叶、纸屑、塑料袋和雪
都是嚓嚓响的冰碴子了
他手中扫帚的竹枝
正是他脊背弓成的弧形
他同他手中，内心宽敞的竹子，一起
接受着
这生活的尘埃
每天，他重复地
从西扫到东，从东扫到西……
隔着窗玻璃，我看到橘黄的晨曦
穿过淡雾
同他土豆黄的马甲
融在了一起
太阳同他一起
在我眼里，往外，扫着冰碴子

跟着一声早晨的鸟鸣攀登

花一秒钟
在霞光旋转的露珠中洗个澡
花一秒钟
把火红的太阳
种在我脸上
花一秒钟
让春风
在我的血管里
荡起滚滚的波涛
花一天,跟着一声早晨的鸟鸣
攀登!
这,枯草的河岸,又将是
绿绒缀满的梯子
伸向远方的蓝天

童 年

金色的阳光洒在高坡上
草木茂盛的夏天
远处的河水清澈,鱼吐着水泡,一个一个
晃出水面
妈妈缓缓地移过尾巴
你和姐姐
或者是哥哥
龇牙,抖鬃毛,低吼,追逐扑咬
战争只是象征
你锐利的牙齿与趾甲,只用来玩耍

我悄悄地记住了她叫赵景景

突然,我有一个冲动
我想给这个女孩捏个像
眼睛要捏得细细的,不能很亮
睫毛要短短的,不去诱人
脸蛋胖乎乎,握圆珠笔的小手
也要胖乎乎,嘴唇要有点厚
头发要有些乱,脑后,别着两支发卡
卡子的浅绿,粉红,米黄,淡紫
我要捏出它们的棱角
捏她的马尾辫,我一定要
捏好她蓝白相间的头花
我要像捏卡子一样,分不出它的真和假
就像她坐讲台跟前低头考试的样子
她有点发困的样子,多美呀!
我并不为我不会捏泥人而叹气
我计划着怎样找到最素净的黄浆泥
我计划捏出泥土的青铜质
捏出她深藏的钻石的光彩
这个想法让我心中飞满了喜悦的肥皂泡!

它们没有一个对我说你要变为土豆

这堆土豆真漂亮
只属于土豆的黄
一个一个,谁是谁自己的样子
一个一个,不模仿
不攻防

我爱这些土豆
它们变成丝、变成片
吸满油盐酱醋
也不装作萝卜或者藕

站在一堆土豆面前
是自由的
它们没有一个对我说你要变为土豆

海 盗

亚丁湾附近海域网络图片
看着多么蓝
多像,梦里的色彩
一个平常的海域
一片被议论煮沸的海域
海盗,出没其中,海盗手里现代技术的力量
给人以恐惧
世界在商议严惩和铲除海盗
而有谁知道
以枪支挂脑袋的方式争取生活的海盗
枪支带来的恐惧是否大于安慰?
索马里的海盗
他们,在颠簸不安的船只
在曲折艰难的海岸,在他们普通人家一样的家中
也做饭,也抽烟
也抱着孩子和孩子一样地笑
也把眼里的阳光给亲人,甚至
陌生人
而有谁能说出月亮下的海盗
对生活的憧憬,与自己的有何不同?
海盗,一群人的问题,一个国度的问题,一个世界问题
我不知道问题的根源是否只扎在
海盗身上
我只知道海盗,并不都是,海产品

青岛海洋馆

比起那些干瘪的标本
玻璃围城中游动的鱼类,是多么活泼!
抽空汁液的永恒
昙花醉梦的短暂
生命,到底应当活成哪一种?
灯光流彩,它们有虚幻的舞台
鳄鱼,鲨鱼,也显得温柔,平和
没有想象里的那种野
假如把它们放回大海
我想,它们该恣肆奔放,在波澜澎湃里飞翔……
然而
大海也只是,一个更大的海洋馆

鸽　子

从晨曦中涌出
它们就是长出翅膀的晨曦
在晨曦中
飞翔
它们就是我心底的潮水，随梦幻澎湃
它们飞，旋转，高，低
它们落下
落在操场，就是晨跑的孩子，星群一样，目光闪亮
落在街道边，就是清洁工，她就要扫出心里那份干净
落在小饭馆，就是做早餐的那对夫妻
包子，油馍，热气腾腾
落在出租车，就握住方向盘
落在广场上，他们跳扇子舞，打太极，耍宝剑
落在汽车站，就买票
拎远行包，寻找幸福另外的可能
鸽子落下
翅膀移到心中扇动
我要以晨曦的样子，描画新一天

力　量

春雨
没有声音，细
无声地
下
可它还是，在下……

等　待

还是等一等，虽然天已黑了
脸上，是一个个，还没有布置妥当，表情的考场
嗑瓜子，吃西瓜，打两个笑话的水漂
灯光底下，小心翼翼
我怕看见，你们努力的辛苦
我怕我装得不像
墙壁，天花板，还有纸箱仅剩的
一瓶雪花啤酒
它们在看一出滑稽剧
它们就要憋不住，心中爆笑的蘑菇云
一尾鱼，余下骨架，没有眼了
在盘子里，耳朵伸得更直了
我怕它，在我们的对话中，听到了湖泊或河流
突然跃起
吓坏了邻桌张二叔，王大妈
我小心地，在锯
怕礼节纷繁的枝叶，砸伤自己
嘿哟嘿，嘿哟嘿……
嗨！大胖子，二猴子，一起来吧——
这是阴天，我们再等一等，也许
就会发现，彼此眼珠内，其实藏着，吱吱响的闪电！

南　方

坐在夜里院子，
星星，布在幽蓝的天空；
菊花的香气传来，
让我心里，也开满宁静的菊花。
大人们围着，
说起南方，
说起遥远陌生的事物。
青瓦屋檐下，
飞出蝙蝠，
时光，在它薄翼上驮着——
有点黑，似乎随时
会掉下一堆，
砸在我怀中。
而发梢已被夜气浸湿，
南方还未在我脑海成形……

为什么还不带着孩子睡觉

近十点我放学回到家
寒流在我脸上
好像糊了薄薄一层水泥
进了门
老婆在看电视
孩子,在身体不好的爷爷奶奶的房间里
嬉笑
我低声说:"为什么还不带孩子睡觉?"
她没有生气
而是说:"你看,
这小孩得了衰老症。
这种病平均死亡年龄是14岁——
今年她到14岁了——"
我扭头望见
电视里一个骨瘦如柴的女孩
眼睛深深凹陷
因为瘦
牙齿显得特别突出
像是一个风烛残年的小小的老太太——她
正在为哭泣的母亲
擦眼泪
她手拿卫生纸的动作
僵硬

不协调
我一下子就融化了
我这才看见老婆,她眼里
闪着泪光
我轻轻
坐在沙发上
和她,坐在一起

秋风你好

晚自习下课
走出校门
是车辆行人稀少的街道
雨,没有继续下
三十多年的光阴,滑下缤纷的梧桐树叶
扑面而来
三十多年的坎坎坷坷
三十多年的脚步不停
让我心情有些快乐和复杂
我敞开我的夹克
大步走在这夜色里的灯光下
我骄傲于有天使
翩然飞翔,在我头顶的天空
我看不见它
但我感到了它在轻轻扇动它的翅膀
为我带来,阵阵凉爽

苹果生活在树上

肮脏积雪融化的下午

鞋底潮湿而冷。人
像锈了的机器
缓缓运行在满是水渍的路上
我看见
两个人往车上,架一台落满灰尘的发电机
有人隐约在高楼暗影处,他
响亮地问:
"你们这是要下乡吗——"
瘦高个答说:"是下乡!"
瞬间
"上城""上街""上北京""上大学"……
"上台""下台""上楼""下楼"……
这些词,蹿来跳去
踩踏着,我脑海里的黑键和白键
我头顶
仿佛浮现,一架钢筋混凝土的阶梯的怪兽
从城市高空的云层之上,伸向
乡村的泥土沟渠之下
它扭动着,庞大身体
它粗鲁地吞吐着,滚滚白烟

天下乌鸦

常听说
天下乌鸦一般黑
今天搜图
看到乌鸦
有的通体全黑
有的灰色
有的白加黑
有的全白
还有一些还闪着
蓝紫色
蓝绿色
或银色
等光彩——

天下乌鸦
竟是
如此不同

害 怕

一个小黑点
不知是什么
在宝宝衣襟
伸手想捏掉
我才发现它
竟是,衣服上一朵花的一部分

在教室里
我曾想捏掉孩子们身上的小黑点
在地球上
跑得快的国家
挖空心思
总想捏掉跑得慢的国家身上的,小黑点

我抬头
星星闪闪
星河灿烂
星河之外
会不会,突然伸过来一只巨手
要捏去地球
这个小黑点

我愿意怎样浪费宝贵的一生

我挖一口井
一直挖
一直挖
正像你在星夜
抬头看见的一样
挖到最后
我碰到的
是星星
闪闪的
蓝色天空
这一定是
人干过的事情中
最棒的一件——
我,挖了一口井
它成了
天空与天空
星辰和星辰
互相照耀的,通道

闪　电

这鸟声里，太阳红脸的一刻
春日晨光
在我肩头
让我沉重，又轻浮

这叫作地球的星辰上，充满着幸福也充满着痛苦的一刻
我看见了
无边的青麦苗
绿叶刚展的白杨树林
我看见了庄上的老人和孩子也来到阳光里
虽然，活得不够好
但他们度过了冬天
又活得
好好的
像麦苗和白杨树一样

像麦苗和白杨树一样
像麦苗和白杨树脚下
莽莽野草一样的
这些人
让我的心
咚咚咚，剧烈跳动

——我们都来自，天上
我们都是从天空努力垂向大地的闪电

声 音

嗓子哑了——
说太多的话
让我找不到
我的声音了

我有两尾鱼

我有两尾鱼
一尾是左眼
一尾是右眼

阳光的
瀑布
倾泻而下
它只说三个字:
请接受——

我在闪眼的光明里
眨了眨眼

我眨了眨眼
那些在我眼前轻飞的柳絮
像鱼张嘴吐出
怀疑的,泡泡

阳光在笔尖跳动

阳光在笔尖
跳动
让我心中一闪

如果我把它插进太阳
把光源
吸进笔管

我用它
把我的诗
写在纸上

你说孩子们看到的
会不会
都是阳光

解　冻

白马驹一样的
阳光
照着蒙城
梦蝶广场
也明亮地
照着我

广场中心
那一大群
飞焰般的蝴蝶
是庄周
被晨露打湿的晓梦
盛开在几千年后的
今天

喷泉静止的正午
有着无为的美好

我看见
清澈水底
白云悠悠
深远明净的秋日长天
仿佛

振翅起飞前的
大鹏

它有一触即爆的
宁静

白云水里托着的
火红的蝴蝶雕塑
因细风
微微波动
瞬间让我
充满
起飞的愿望

萤火虫

以前日出而作日落而息
以前穴居野处茹毛饮血奔走追随天意
多么昏暗

现在日未出而作日落而未息
现在高楼如笼工厂商厦如巨兽活在网中像机器
多么昏暗

大地是如此昏暗即使有雪山冰川湖海人海
天空是如此昏暗尽管有日月星辰彩虹霓虹

漫长的昨天摸也摸不到是如此昏暗
遥远的明天够也够不着是如此昏暗
今天攥得太紧发了霉是如此昏暗

世界如此昏暗你才自己发光
你要这个昏暗的世界亮一点
你就是要比这个昏暗的世界，亮一点

我心中飞着一只小小的微不足道的萤火虫
你心中飞着一只小小的微不足道的萤火虫

因为小小的微不足道的萤火虫，我爱你
和这个我们吐过口水的世界

地球是个滚动的球

你看它走得异样沉重

十多年前一个星期天的铁道旁我看到了它
那是阴天的淮北
一截截车厢,都满满的
那一块一块的,凝结的火,那么安静
那么黑
像在自我安慰
被损伤,被黑暗埋葬,被挤压变形
这些被叫作煤炭的火,将运往远方
笨拙地
为了别人燃烧
它们多像我的乡亲!
是不是火车这个沉闷的家伙也有感情
你看它走得异样沉重
它的步子简直就是我从童年走过来的步子
它的步子简直就是我们从洪荒里走过来的步子

此　时

此时，只有雨与我
在这昏暗的夜里，伫立

此时只有路灯
同我一样亮着

此时只有虫声，唧唧

此时任何一句话语
都会让我哭泣

患　者

我突然回过头来
他们已经走远
模糊的背影也没有剩下
他们长什么样子
他们穿什么衣服
他们的嘴角挂着泪还是笑
我统统不知道
他们对我也该一无所知
他们是他们生活的主角
我是他们的路人甲
我们就是这样
我们都是这样
匆匆路过
匆匆路过

太阳升起

太阳升起
这春天的打火机
点着了
水底的白云
点着了村头的菜园菜叶上的露水
枝头的小鸟的叫声
也被点着了
沉默的
是路口的春风
我看见红霞落在你的脸颊
沉默
是你的灿烂
捂住我的眼睛

地球是个滚动的球

我出门迎见春风

我出门迎见春风
我看见蒙蚌路两旁的杨柳
我看见绿水在向天上流
看见绿色的波浪在头顶,轻轻
摆荡!
我出门迎见朝阳
我看见我的自行车灿烂地闪亮
我看见孩子
他鲜艳的红领巾,他张开胳膊,笑,歌唱,
向学校奔跑
我看见,人如潮,车如流
我出门迎见了春风
我出门迎见了蓝色天空
它在燕子黑色的翅膀上,轻捷地飞翔!

草莓园

我们谁也没想到会闯进草莓园
晌午的阳光照着
草莓
春风一阵阵,草莓叶子掀起细小的绿波
草莓,红红地在晃
你并没有阻止
我踏进潮湿的草莓园,偷摘了草莓……
一路上
你捧在手心,啊,异常鲜明!你不敢吃
怕有毒
我们走了更远的路
你说,如果一下子就到达多好
我说永远不到达才更好

身　影

那个早晨，白雾蒸腾
一个蓝布褂子男人
一锄一锄地，低头耪地
因为远，而看不清面孔
跟历来一样

跟历来一样，岁月不停
岁月是他身后那条无声的河流
他与一茬茬
流水一般无人知晓的庄稼和庄稼地里的众人相同
在李寨小小的土地
他将默默度过一生
他与他脚下微不足道的苟活下来的草一起
茫茫活着，等
时光的锄头
把他勾去

跟历来一样
他手中的锄头，在庄稼地里
马不停蹄

朝阳升起
从他背后照过来

把他，和一群叽喳飞着的麻雀
一同淹没在那片浓烈的红色光辉中
他们的身影
厚重
但
模糊

我的呼吸，被钉住
在那一瞬间
我呆立在一块开满白花红花的棉花地头
我左手背着蛇皮袋
右手拎着露水和青草汁
浸湿的镰刀
心头澎湃，鼻头发酸……

青色的小蜻蜓

青萍安定,河水
似乎可以揭开一张又一张
水气,若有若无地升腾
背着薄雾一样的翅膀
它们,在飞
很容易被所有的眼睛忽略掉
它们还是,在飞
它们的小小肉体对于它们的飞
多么不值一提

砖 桥

阴雨里我走到无名的小砖桥
远离乡音的梦中它跨在野草起伏的沟上
纹丝不动
像小时候老人们讲的关于仁义的老故事
长在我的心,扎根就是一辈子
沉郁的老青砖上生着绿色新鲜的青苔
雨中我看见那些厚厚的长砖
有的烂了,或整块脱落埋在沟底的淤泥
就像青春一点点逃离我
而它这样平静
我多少回经过它啊,当一段路走,忘了
它是一座桥
数不清的人,牛羊,粪和化肥,庄稼的收获数不清次数地经过它——
春,夏,秋,冬
它似乎忘了岁月……
当我从远处回过头,只有雨烟苍茫一片

五 月

风在吹,红色的黎明
在我肩头
我爱这绿叶轻拂的村庄
我爱这水底流云的小河
我爱这
无法阻止的流水中
浮萍一样的,青色时刻!
爱你的明媚,是我一生的病患中
最美的一种
走向你的路途
我兴高采烈得有些茫然、痛苦
像在放弃
又不知道要放弃什么
像在哭泣
又不知道为着什么
路边,高高的野草的苦涩的青气
送来异样的凉爽
太阳温暖如平常,照在我脸庞
心不由自主地说:"爱……"
天空飞鸟,它少年般轻快的口琴一样鸣叫
在我心里荡起
阵阵涟漪

此时我愿意脱下心灵的羽翼
此时我将遗忘那些孤独
此时我心怀感激
一头扎进，这热烈的夏日的阳光里！

地球是个滚动的球

赞　许

吃饭
睡觉
他都感到不安
众人嘲笑
众人歪曲的脸
他视而不见
他只怕天
塌下来

天，一层一层
坍塌
新的天
盖在天上
似乎还是一样
他更加忧惧

吃饭，睡觉
都涂在
虚无的底色上
他绝望地思索
他绝望地树起
心中的希望
众人只是嘲笑

只是歪曲着脸

杞人
在担心中
在走向美好的
梦的路途中
死去
众人释怀而笑
众人觉得
一切平安
似乎都是一样

似乎都是一样
春风吹来
一次又一次
杞人
执着的怀疑
绿过原野
一遍
又一遍

地球是个滚动的球

安　静

楝树花落紫了校园
细雨沙沙,仿佛人生中许多事情
一旦开始,就不会停止
直到很多东西变了它的模样
放学铃声响起——陆陆续续
那些黑伞,红伞,花伞,慌乱地回家
他们还会来,来去之间
不断丢失着自己的眷恋
我没有走,因为你没有走
二楼朝下看,沟水就要满了,还在长
千点万点涟漪,初夏的风
颤动着心湖,又一圈一圈地消散
啊,楝树花,静静,落紫了校园

蝴　蝶

一

一只蝴蝶，在飞！
它，没有欣赏自身的美
也没有翩翩起舞，让
别的眼睛欣赏
急急地，它飞，只有飞才有明天——
幸亏翅膀快了一点
不然
它就要成为一个标本

二

蝴蝶种类很多
小的，大的
朴素的，艳丽的
蒙城涡河边的，大理的，欧洲的，非洲的
各种字母编码的
还有庄子的，梁祝的
蝴蝶自己
并不知道

三

柔弱，容易受到伤害
蝴蝶过着恐惧不安的生活
路上不敢和陌生人说话
甚至来不及谈情说爱

只过生活
生产后代

四

随意地，唯美地，迎面飞来
我的每一个细胞
都在赞叹！
还没找到恰当的词汇，突然
蝴蝶打个旋转
一下躲过我
使我安慰又伤感——
我只是我自己的敌人……

五

我不愿
把哪怕一只蝴蝶
装进心里
那么小的地方
不够它飞翔

六

让蝴蝶生活在它喜欢生活的地方

七

蝴蝶
夕阳
风
草地或花丛，小河或池塘……都行
不要有人
我想做一个
这样的梦

苹果生活在树上

女　孩

一头白发梳得整齐
大概是她爷爷
我听不到他低声给她说些什么
上海书城门口,她
比爷爷坐高两个台阶
她忽然地,会扬起嘴角
像人民广场露珠排队站满晨光草地
绿意葱茏和潮润地
笑出一口洁白的珍珠
她偶尔扭过头,眨动眼睛,看向行人
稚嫩的目光
是一片树林春天
跳跃清脆杂乱的鸟鸣
我猜金发她可能是法国的,也许是英国
但她坐在那儿
样子多像我的妹妹,割草累了,坐在
野花野草的地头上

地球是个滚动的球

爷爷的鞋底

爸爸
小时候
一次做错了事
爷爷咋呼一声
一鞋底
照头上抡过来
"啪"
一声巨响
鞋底结结实实
打在了
爸爸
头旁边的
柜橱子上

苹果生活在树上

春天的孩子

——献给《祝福》中的阿毛

贺家坳的雪融化干净的时候
天该是湛蓝的
阳光该是温柔的
阿毛坐在门槛上的时候
春天的风该是吹动了
他春草一样
柔顺的头发
坐在门槛
阿毛认真地剥豆
阿毛是个句句听妈妈话的
好孩子
（爸爸死了，妈妈的怀抱该是
甜蜜没有边际的他的天堂）
豆滚到地上的时候
他该是探下身去
努力地拿起
撮起小嘴吹上面的灰尘
剥豆的阿毛，他眼里
该是没有一丝乌色的云和雨

妈妈在屋后劈柴，淘米
阿毛安静地剥豆

也许也哼唱了包括他自己
也不明白的歌儿
狼来了，也许他还曾想
用嫩嫩的小手
摸摸这只"狗"

阿毛躺在草窠里的时候
五脏被吃光了
一个时代和他无关了
一切人类的卑污与良善和他无关了
内脏被吃光了，他也仍然是
一个纯真的
好孩子
像春草一样柔顺和执着
他小手，紧紧地
还捏着
那只盛豆的小篮
多像一阵阵春风一次次，紧紧
捏住我的心

父 亲

你蜷在沙发
睡了
在我把睡着的宝宝,从你怀里抱走后不久——
你满布皱纹的脸上
微微亮着玻璃窗
透进来的
正午的阳光

昨夜一点多,我们俩
走在医院长长的走廊上,你不让我搀扶你
我走在前
你在后
偶尔
我等你一下
像你,领着儿时学步的我下地一样
我们
都没有言语

明天早晨,你还要到医院,做磁共振
而现在,多少的时光,跟着你,在你
疲惫的身体上入眠——
我用,宝宝的小被
盖在你身上

地球是个滚动的球

这样的重量
会让你的梦
轻柔些吗?

你还没睡熟,你的呼噜声
还没响起
你轻轻地
呼吸
和小宝一样
就像是我的,提前长大突然变老的,孩子——
让泪花压住了
我的心跳

走在路上

走在路上,突然抬头
我看见
天空
那么寂静地,蓝着
那是
洁净异常的天空
一丝云
也没有
那天空,那么饱满而疼痛地蓝着
仿佛一个人
心里装着很多很多
要说的话
那天空,就是那么明亮地蓝着
好像它
马上就要熊熊燃烧
化为虚无
就像一块玻璃
它蓝得,如此平滑透明,宛若无物
让我
想伸手把它,搓皱一点

早 晨

早晨
我们又来到河边
看流水
我扶着栏杆
有的下到了
水边去看
一群群蜻蜓
在早晨雾气中练习
翅膀的平衡
清澈的流水
让你的一些想法
变得透明：
在没有河的地方
你也要面对
流水
在没有栏杆的地方
你心的栏杆
也会拦着你
在没有蜻蜓的时候
你也重复
蜻蜓的动作
这不仅是
早晨的事情
也不只
发生在今天——

在响洪甸水电站

站在夜幕下的
响洪甸水电站
的半腰
流彩的灯光里
我看到水电站
太高大了!
甚至要高过,它周边的群山
我们激动得
拿起手机
为它拍照
而当我
目光转向远处——
那些山的
某些角落
一户两户的人家,散发出的
萤火般的微光
在夜色里
这光,是如此地不显眼
却让我的心
无声,但沸腾起来——
它让我看到
水电站
真正的,高大之处

地球是个滚动的球

我们都会碎在黑暗和光明织就的
这个孤独宇宙中

走在太阳下
走在街道上
走在人流中
走在这秋天
的风里
我知道
这每一步
都是第一次
而且
再也没有第二次
我感到我就是
向这透明的
秋日阳光扑去的
自我鼓荡的
小小，尘埃

苹果生活在树上

香草是苦的

妹妹送来盆香草
走近闻闻
果然有香气
想到屈原他
常写到香草
让我忽然觉得香草
好像脱离了香草自身
变成了
照亮我的
耀眼的光
这，肯定不对——
虽然被屈原写进了诗里
它
仍然是一种绿色植物
它也未自燃
放出光来
我掐了一片叶子
放嘴里咬了咬
香草并没有我想象的甜味
而是，苦的——

蝉　蜕

一首诗完成了
充实的那一部分
飞了

新年来了

2018年1月1日
的
0点
我推开窗
看见月亮
悬立高空
往人间
洒着银子
其中一些
掉进
我眼中
把我瞳孔里的黑
擦着了
在我眼里
烧起一片片
银闪闪的
熊熊火光

华山论剑

——赠我的兄弟

梦中,登上华山之巅
四望茫茫
自由的雪花,正腾腾飞扬
我心叹:
此雪,下得真好——

山洞,我支起小炉
煮雪温酒
梅花就让它看住山脚,冰镇的
时光
顺便看住,雪中寻梅的
梅花鹿
我让我的心,在梦中
闲上一把
让我的忙忙碌碌的人生,留下
一小片的
空白

谁可
不顾山高路远
不顾,风急天寒
登临,诗之华山顶峰

把字典中的词语，放飞
让其
化为眼前的白雪飞舞
化为火苗烈烈抱小炉
化为
我们的莫逆一笑
与开怀痛饮
化为剑气如虹！——但我们
手中早已无剑
目中，也没了敌人

兄弟，来吧
让我们接着加炭
共煮这，本来无主的江山
共煮这，滚滚不停的红尘
让我们仰天长啸
畅饮一壶万古悲欢
与怆然

底　线

你可以为了美
创造幻象
但绝不可以为了美
篡改真相

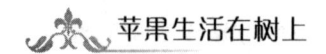

再见再见

星星追过来，睁大他的小眼睛
问舅舅你弄啥子去？
我说去学校
他又追出大门
朝我挥舞小手说再见，再见
我回头说再见再见
他又说再见再见
我又回头说再见再见
他又说再见再见……
直到我，再听不见他喊再见
我知道
再见，就是我爱你的意思
绿柳飘在头顶
骑着自行车
我
贪婪地，深吸一口崭新的空气
对着这春风鼓荡的早晨说
再见，再见！

倾　听

雨停了
我们走出积水动荡的院子
老桑树上
长出，许多木耳

这些黑色的
小耳朵
在无边的天空下
湿漉漉地，竖着

多少年
又多少年过去了
我一直在用饱含雨水的一对木耳
倾听，这个坚硬的世界

一尾鲇鱼

1

背部的青黑中含着
深蓝和绿
红色塑料盆水中
游来，游去
它的身形多么活泼和美！
它改变不了它的命运——
美多么怕被盛起来……

2

我说我不会
她用粘满鱼鳞的手
一掰，一抠，一抖，一甩
鲇鱼的腮，心和肺
就落在冬日水泥地
她的手那一瞬间就是我的手
活在世上
我无法逃脱屠夫表情
在我脸上生长
我无法逃脱我灵魂的腮和心肺
时刻面临
被剜去的危险

3

在蓝塑料盆洗
我想把那血红的东西抠掉
它竟然还没有死
它洁白的肉，颤抖触动我的手指
我放弃了
那茫茫的白，那抖——
我心底疼痛常常就这么涌起来……

4

锅里，水渐渐地热
它在水中，游
这欲望升温的时代
一切那么隐蔽
它背部的小小的鳍
摇动，摇动……
我的心也这样
对着不可能的事物也摇着
希望——

如果我是你

如果我是你
如果我是这枚骨针
在北纬32度55分到33度29分
东经116度15分到116度49分之间的
蒙城博物馆
灯光照着的玻璃展柜之内
静卧
在这人流涌动、目光闪烁下
我该有
千言万语

如果我是你
如果我是当初,那根骨头
会不会该淡了迷茫和惊奇
陷入回忆——
温带季风吹拂热烈阳光照耀的淮北平原上
被一个男人,或者女人
不断打磨
甚至被一个磨破的指头的
血,浸红
我该有
千言万语

如果我是你
如果我是月光下的碎骨屑
想念的那一部分
月光下
我也亮起了银子似的光辉,像打磨者那双终于
亮起来的眼睛
我被一双微颤的,粗糙的手
摩挲
我该有
千言万语

如果我是你
如果我是不再孤单的你
和这些粗糙或精美的石斧、石箭、石凿、石镰、石刀
和这些陶罐、陶碗、陶碟、陶豆
和这些碳化的大米和麦粒
在一起
我将听到石器们的艰难成形漫长曲折的过程
我将了解陶器们的纹路来自水波,或是云痕
我将知道这些大米麦粒
是如何在地下,抵抗了,冷面无情从不止步的时光刻刀
从易逝的白与黄
走向了坚持的黑
我将明白它们的疼痛、摇晃,和对未来的执着
我该有
千言万语——

而我
却不能是你
我只是二十一世纪的,一个诗人
我只是偶然目睹了岁月斑驳了的你,在这蝴蝶一样的日子里
你的圆润,你的尖锐
还保守着蒙城大地文明发芽,古人那,梦想展叶的形狀
让我沉默,低下头来
让我眼里
升起
光芒

地球是个滚动的球

你站在地球上
我站在地球上

我们,几乎站满了
这个水分很大的球

我们都以为
自己头朝上

致　敬

两棵参天大树
出现在夜里
照亮在我头顶
庄子和尼采

两只
肉身似大地般沉重
心灵轻盈起舞的蝴蝶
庄子和尼采

两颗闪耀在
人类文明天穹
光辉清澈温柔的星辰
庄子和尼采

两艘
独自闯进
智慧之海底部的潜艇
庄子和尼采

两块探寻自身和宇宙奥秘的
晶莹剔透的
望远镜片

庄子和尼采

两个
手艺精妙的
人类解梦工程师
庄子和尼采

两位伟大的
健康文化的
梦想家、建设者、泥瓦匠
庄子和尼采

两泓
人类灵魂沐浴的
清泉
庄子和尼采

两个天马行空的顽皮的孩子
两个最脚踏实地真正的成人
两个自己是自己的镜子的人
庄子和尼采

此刻
让我回到我身所在的这个夜晚
向这两棵
参天大树，致敬

地球是个滚动的球

让我向这两个
不掩饰自己内心困惑
和迷茫的人
致敬

让我向这两个可怜的好兄弟
这两个,现在依然与我们同行
并在遥远的将来等待着我们的人
深深致敬——

但愿我
不只是树下
清闲的
乘凉人

还能是
绿意盎然的
可以,投下美好荫凉的
一片叶子

阳光照着樱花园

1

昨天还雨声沙沙
今天晴了
阳光照着坛城韩寨
照着这千亩的樱花园
照着我
像父亲的目光
这生命的恩典
让我,有一刻
停下了脚步
凝住了
呼吸

2

阳光乍现
我如受电击
我的眼睛
闪了一闪
是我体内
接通了春风、阳光
的
电流

3

是那随着春风日益发青的事物
扶稳了我的心
使我不至于在城市
坚硬的水泥路和柏油路上
跌倒
使我走起路来
甚至，跑起路来
像一棵树
每一步，都把根
扎向土壤更深处

4

我跟你说过
劳动是
最黑的一个词
今天
我还要跟你说
唯有劳动
最光亮
是劳动让一棵樱桃树
破土长大
开花结果
是劳动，让一棵樱桃树
有底气
笑对风云变化

5

雨后的土地是新鲜的
雨后的土地护住零落的樱花
像一种恩赐
让我在内心，保持一种无言的温暖
对于大地
对于天空
对于河流
对于春天
对于风和雨
对于阳光和乌云
对于人群
对于我自己
对于这些樱桃树和它们落下的
很快就要融入泥土的
潮湿的，花瓣

6

脚下
这古老温热的土地上
棵棵樱桃树
抽出了新叶
似孩子粉嫩的小手一样
在春风里
它们伸向我
它们如辣椒一样
辣得我的眼睛热热地
想流泪

7

在阵阵春风中
有潮湿的花粉味
有青青麦苗味
有荠菜花的清淡至极的香味
有云朵路过的凉丝丝的气味
有春风煮沸的
阳光味
这些都是，我爱的——

8

一树
坦诚的樱花
它
用数不清的
芳香的眼睛
毫无顾忌
看向我
我有些发慌
仿佛它是滚烫的岩浆
充满灼热的力量
在这
日渐凉薄的世上

9

在这樱花园
我的心
有时空空荡荡

甚至
有一瞬间
我忘了我
与一棵树的区别
我在春风中晃动
像一棵，开花的樱桃树——

10

我听见我的心弦
一阵轰鸣——
是阳光
是十万吨的春日阳光
涌进我眼里
是樱花
是春风中千万朵飞舞的樱花
在，向我心里
跳伞

11

这些
粉红的樱花
这朵朵
柔软芳香的火焰
点燃了
我眼睛里的
黑——

12

今天我看到的

每一个人的眼睛
都是两只将飞
或正在飞的燕子

13

让我伫立
静听花开的声音
静听春风起舞的声音
静听阳光汩汩流淌的声音
静听春风激荡血液的声音
让我倾心
静听大自然
弹奏万物的琴声

14

樱桃树上
青色小樱桃
有的只似绿豆粒大
有的还藏在花萼中
露着针尖般
小小的绿色眼睛
你知道
不久它们都将是
你会爱上的
发甜的，红色星星——

15

是树林
是迎风起舞的树林

高于我的头顶
是花朵
是对着太阳微笑的花朵
高于
低于
平行于
我的眼睛
而不是钢筋混凝土——
这
让我兴奋不已

16

我走进
园子深处
随着春风晃动的
樱桃树中的
每一棵
都让我肃然起敬——
它们
从始至终
从生到死
都保有一颗
独立的灵魂
从未向谁低过头
从未对谁
趾高气扬

17

地球是个滚动的球

更美的风景
是人——
弹古筝的女孩
跳街舞的女孩
跳民间舞蹈的中年妇女
舞台上唱歌的小妹和吹笛的小哥
穿红马甲的"阳光公益"的
男女
和老少
来来回回巡走的治安警员
忙忙碌碌的电视台录播工作者
更美的还有
来观看的老少爷们和他们建设的
美丽的，乡村

18
我来了
又要走了
我
还是我
我的身体里
却多了一座
春天的
樱花园

跋

跋

写诗是什么

写诗是什么？这个问题跟星空一样大，甚至更大。

我没有这样的野心——用这小小的一个短文，去说明白这样庞大、近乎无解的问题。我要说到的"写诗是什么"，其实只是对于我来说，写诗它主要意味着什么。

一

小的时候，我最爱听老人讲故事、笑话，爱听戏和鼓书。渐渐大一点，喜欢看小人书，喜欢读金庸和古龙。

我接触自由诗，该是五年级前后。我家门后的墙壁上，有一首诗，它是写在一张白纸上的，是我父亲李庆东（请原谅我在这里写下这个名字，来表达我对这一位清贫而敬业的乡村教师的敬意）用毛笔写下的，诗的名字叫《假如生活欺骗了你》。这是我见到的第一首跟中国古典诗歌迥然不同的诗歌——我站在那儿，在心中默默读了好几遍，觉得好，但也没觉得特别好。那时，有限的知识和生活经验，让我还无法很好地体会一首诗的深意。

这之后，几乎就从未接触过课本以外的自由诗。那时的农村是非常贫乏的，物质上是这样，精神上更是这样。即使翻遍父老乡亲的箱底，也很难找到几本书，更不用说和诗歌相关的书。

高中时，我自己到医院开了刀，家人都不知道。本来也就不是个大事，只是割除一个小小的脂肪囊肿。但这却让我有机会，第二次接触到新诗。

当时，我下了手术台，就回到班里上课。但很快麻药过了劲，疼得我浑身控制不住地抖，汗水往下掉。请假回寝室休息，下楼被一个狂奔的同学的胳膊肘，撞在了刚缝合的刀口上。结果，伤口发炎，疼痛难忍，我就去了涡河北岸的姑奶家住着。期间，去医院治疗的空隙，在新华书店买了两本薄薄的新诗集。大约一个月时间，我把这两本书，一遍又一遍，仔细读完。这是第一次，我静静地体会新诗——心，是澎湃的。

回到学校，天已冷了。一次放学去吃饭，在一个小街看到一个10岁左右的男孩，他穿的还是夏天的衣裳，抱着胳膊，蜷缩着坐在一个屋檐下冰凉的水泥台阶上。这时，天上正开始飘起雪花，冷风一阵阵地刮起他脏而长的头发，然后又砸回他脸上——我流泪了，实在控制不住。我知道，我流泪也没有什么用。我给了他10块钱，我知道就算我掏光我那点可怜的饭钱，也几乎不能帮到他什么。我难以平静的情绪，最后落在一张纸上，这就是我的第一首诗。

我想，我可不可以说，这次写诗对于我来说，它是我的情感岩浆的一次喷涌，是一种不得已。这最初的写诗，不是我要去写，而是诗，它自己找来了，我无法躲开，也不愿躲开，不吐不快。

二

时间一跳，到了2002年。我进了一个师范学校——淮北煤炭师范学院——这里，是我有意识写诗的真正起点。

学校的图书馆，特别是期刊阅览室，我在其中遇见了很多的诗歌读物，遇见了许多的自由诗——我惊讶地发现，诗歌原来可以这样写！可以写得这样有意思！我于是开始了第二首第三首……诗歌的写作。

对于母校，我无比感恩：它的藏书，让我踏上了一条奇异且有趣的心灵旅途。

而网络，是我写诗得以持续的另一个原因。网络诗坛那时刚刚兴起，网络诗歌开始蓬勃发展。我把自己写的，发在网络——很快，有的诗被发表了，还寄来了杂志，有的还有一点点稿费——这让我写诗的兴趣和动力，更浓更足。

这时，写诗，对于我，它也意味着一种对生存可能性的探索。

三

毕业后，我像父亲一样，当了教师。我一边努力工作，一边尽可能多地读书，写诗。但就在这时，我陷入了写的困境。

古今中外诗歌那么多，诗歌所涉及的方方面面那么多，很多诗歌写得又那么好——那么，我写诗算是什么？我有没有写的必要？假如有必要，那我写的诗的位置又该在哪儿？

2007年及其后的几年中，我对自己的写诗产生了怀疑。其中也包含了我对缺憾的社会与人生的疑惑与迷茫——世界能够变得更美好吗？生命的路要通向哪里？活着，需不需要继续，又要如何继续？

很感谢，我有了人生最重要的一次新生。时光的大河滔滔不息，人类社会滚滚发展，人的生活状态在不断变化，每一个时代都不同，每一个人都不一样，每一个人对生活和生命的体验及梦想就更是各不相同——这些诗歌生长点，永在更新，那这个世界，永远都不会有被写尽的时候。

我和我身边的人，我的和我身边的人的生活，本是如此独特，包含着丰富的存在之奥秘。探索这些奥秘，并用诗记录下来，这是一件非常有意思并值得做的事情。

我想，我所在的人群之中就是我生命的位置，我的生命所在的位置就是我诗歌的位置，我生命的澎湃起伏，就是我诗歌的节奏。

我要成为我和我所在的人群的记录者，我要成为人的追梦之旅的忠诚记录者。

一个即将到来的崭新时代，需要的应当是平视世界和自我、对万物保有敬意的人。

我要不自卑，不自傲，我要重估世界和自我。我要与经典诗歌同行并与时俱进，我要与造物者一同创造（既然大家都是造物者的创造物，那么我们人人就都自然具备了神的属性和创造属性），尽可能不辜负造物者赋予我的作为一个人的这次机缘。

我要努力写出，带着我的心跳和呼吸的新鲜的现代汉语诗歌。

关于诗歌写作的想法，世上有很多。但任何一个人的想法，总摆脱不了自身的局限性。关于一直以来的各种诗歌写作之争，我觉得不少是伪命题。我的诗歌《请允许》，表达了我的态度：

请允许我
做一个
没有阵营的人——

如果非得有阵营
请允许我
和诗，一个阵营

我渴望自由写作，虽然写作实质上并不自由。我渴望自由，虽然我知道自由永远都是相对的。

我想通过写诗，抵抗我所不爱的，抵达我所爱的——无论它，是真是幻。

这样，写诗，对于我也应该可以说，是我自省的一种方式，是我与世界交流的一种方式，是我走向心灵自由的一条路。它和我，已融在一起，难以分开。

我愿意这样活着。

李卫华

2019 年 5 月 1 日